TopBook
饕书客

一个人，遇见一本书

雨月物語

春雨物語

〔日〕上田秋成·著
王新禧·译

陕西新华出版传媒集团
陕西人民出版社

图书在版编目（CIP）数据

雨月物语 春雨物语 /（日）上田秋成著；王新禧译.--西安·陕西人民出版社，2014

ISBN978-7-224-11174-3

Ⅰ.①雨… Ⅱ.①上… ②王… Ⅲ.① 中篇小说-小说集-日本-近代 Ⅳ.① I313.44

中国版本图书馆CIP数据核字(2014)第141675号

出 品 人：惠西平

总 策 划：宋亚萍

策划编辑：关 宁 韩 琳

责任编辑：王 倩 王 凌

整体设计：佀哲峰 崔 凯

雨月物语·春雨物语

作　　者　（日）上田秋成
译　　者　王新禧
出版发行　陕西新华出版传媒集团 陕西人民出版社
　　　　　（西安北大街147号 邮编：710003）
印　　刷　西安印刷包装产业基地发展有限公司
开　　本　890 mm×1240mm 32 开 8.125 印张
字　　数　200千字
版　　次　2014年10月第1版 2018年4月第5次印刷
书　　号　ISBN 978-7-224-11174-3
定　　价　29 .90元

译序

一、江户读本小说第一人——上田秋成

《雨月物语》、《春雨物语》的作者上田秋成，生于日本江户时代中期的享保十九年（1734），相传是大坂一个艺伎的私生子。四岁时，由于母亲去世，被堂岛永来町的纸油商上田茂助收养。他幼名仙次郎，本名东作，秋成为其雅号，此外尚有无肠、三余斋、鹑翁等别号。

上田茂助和他的两个妻子以及女儿，都对秋成十分宠爱，给予他良好的教育。五岁时，秋成不幸感染了天花。当时天花属于绝症，死亡率极高。上田茂助夫妇带着濒死的秋成，天天到大坂一间神社祷告，结果秋成竟然奇迹般活了下来。年幼即烙下的死亡阴影和“神的施救”，成为上田秋成日后笃信天地神灵、喜欢光怪陆离事物的源始。

由于天花病毒的缘故，秋成的右手中指与左手食指被截短，故而他在《雨月物语》的序中，自嘲为“剪枝畸人”。因为这一病质，他性格较为孤僻，不爱与人交往，反而时常露宿野外，听村老讲述鬼怪故事。

十八岁时，上田秋成开始了四处游荡的青年时期。他和一些习气不正的孟浪子弟出入青楼酒馆，酗酒纵歌，狂放不羁，沉浸于逸乐荒诞之中。后经养父训斥，才拜师学习俳句、日本国学和汉学知识，俳号“渔焉”。

宝历十年（1760），时年二十六岁的上田秋成与植山玉女结婚。次年其养父病故，秋成继承了家业。作为家中唯一的男子，他必须肩负起生活的重担。可是沉醉于读书的他，对经商并不擅长，只能依靠养父那点遗产，勉强度日。明和元年（1764），他参加了在大坂举行的朝鲜通信使一行的笔谈会，对汉学接触日多，开始走上创作道路。

明和三年（1766），上田秋成的处女作——五卷本小说《诸道听耳世间猿》付梓刊行；第二年，四卷本小说《世间妾形气》出版。这两部描写庶民生活的世俗小说，均受到读者热烈欢迎，秋成遂以“浮世草子”作者的身份而小有名气。

明和五年（1768），上田秋成完成了《雨月物语》的初稿，经商也颇为顺利。就在他踌躇满志时，天有不测风云，明和八年（1771），一场大火令上田秋成家财尽失，经营纸张和灯油生意的店铺只好宣告破产。为生计所迫，秋成拜到儒医都贺庭钟门下学习医术。都贺庭钟号称“读本小说之祖”，精通汉学，行医之余撰写了《英草纸》、《繁野话》、《莠句册》等读本小说。他的作品极大地启发了上田秋成的创作思路和手法。

秋成学医三年，学成后在大坂一边行医，一边如饥似渴地学习《万叶集》、音韵学、和歌、茶道、日本历史和文学理论等知识。并于安永五年（1776），修订出版了他一生的代表作《雨月物语》。

《雨月物语》获得了巨大的成功，在当时被誉为日本怪诞文学的最高杰作，对后世同类题材作者的创作产生了深远影响。上田秋成也由此青出于蓝而胜于蓝，超越都贺庭钟，成为江户时代读本小说第一人。

此后的十四年，是上田秋成一生中生活最为安逸的时期。他接连完成了《汉委奴国王金印考》、《歌圣传》、《也哉抄》等作品，并与日本复古国学家本居宣长就古代神话和古音韵问题展开过大论战。

然而到了晚年，不幸再度降临。宽政二年（1790），隐居于大坂北郊的秋成染上眼疾，导致左眼失明。他的妻子因母亲去世，削发出家。这两件事对他打击很大。但在孤独和贫寒中，他仍然奋力著述，完成了《痫癖谈》、《清风琐言》、《灵语通》等多部作品。

六十岁时，秋成带着一点积蓄，迁居到了京都。宽政九年（1797），秋成的妻子辞世。次年，秋成右眼失明，穷困潦倒。这时他已六十四岁，双目俱盲，深感来日无多，遂竭尽全力，勤奋写作。研究《万叶集》的专著《金砂》、《金砂剩言》，诗文集《藤篓冊子》，小说集《书初机嫌海》、《落久保物语》，国学集《冠辞续貂》，随笔集《胆大小心录》等杰作，都完成于这一晚年时期。文化六年（1809），在轰动一时的《春雨物语》出版前夕，上田秋成于京都的弟子宅中去世。在他身后，其友人以“狷介峭直”四字来评价他。这四个字准确地概括了上田秋成的为人与思想。

上田秋成的一生多灾多难，充满了不幸和痛苦。人生中的相当一部分光阴，要为生计而辛苦奔忙。但他在文学创作方面却显露出惊世的才华，以其独特的反复古主义思想和关注庶民生活的视角为基础，形成了自己独有的文学观和价值观。在他众多的作品中，尤以《雨月物语》和《春雨物语》最为脍炙人口，最能体现他的思想和批判精神。

二、上田秋成代表作——《雨月物语》与《春雨物语》

《雨月物语》在日本文学史上，占有举足轻重的地位，被誉为日本近代以前怪异小说的巅峰之作，是读本小说的代表作品。后世研究日本文学及读本小说者，均不能绕过《雨月物语》。

要深入了解《雨月物语》，我们首先要弄清楚，何为读本小说？

日本所谓的“读本小说”，指的是江户时代通俗文学中的一种样式。其主要特征是：吸取中国宋话本、明清小说的情节素材、构思和表现手法，融入日本本土文化中，再以较高雅的文字，翻改或自撰出来。相对于其他的通俗读物，如草子、滑稽本、人情本等，读本小说强调内容上的思想性、结构上的传奇性，行文用字雅俗共赏、情节发展前后呼应，较先前肤浅的娱乐作品有了很大提高。它融合了草子的趣味及中国古典文学的滋养，既浪漫又写实，是日本古代小说最完备的样式。

中日两国一衣带水，文学交流从古代开始就关系密切。日本历史上有过两次大规模的中国文化输入。第一次是奈良、平安时代，通过遣唐使输入壮丽多姿的唐朝文化；第二次就是在江户时代。

江户时代是一个长期和平、经济繁荣、文化昌盛的时代，同时资本主义也在日本开始萌芽。这一时期人们的教育水平高、艺术欣赏力强，都市的市民阶层正在逐步形成，反映城市庶民生活的“町人文化”随之兴起，兰学、读本小说、浮世绘、歌舞伎等，都成为时尚热点。

读本小说的出现，一开始主要是为了迎合城市商人与市民在文化消费上的需要。彼时中国宋话本、明清小说大量传入日本，先是掀起了一股翻译中国古典小说的热潮，后来有一部分日本文人感到单纯翻译中国小说意犹未尽，便开始尝试改写中国的流行作品。他们以“拿来主义”的精神走捷径，将明清小说中的故事情节和主题思想，改头换面套用于本国的历史、人文环境中。最早的改写作品是《御伽婢子》，作者浅井了意将明代瞿佑所著的《剪灯新话》中的人物、地点、时代背景等，均由中国移植至日本，文风也改换成和风，使作品更加贴近日本市民阶层的趣味和生活。

改写是翻译的进一步深化，“御伽”其实就是“夜话”，类似于母亲哄孩子睡觉时说的床边故事。虽然《御伽婢子》还属于“浮世草子”的范畴，但已为读本小说的出现创造了条件。自它问世之后，借鉴、翻改、模仿中国小说之风日益盛行。儒医都贺庭钟继承并发展了浅井了意的翻改方法，以冯梦龙的《三言》为蓝本，创作了《英草纸》。《英草纸》是第一部真正意义上的读本小说，它或借原故事讲述本土风情，或改换人物叙述日本史实，给阅读者带来了十分新鲜的感受，因此吸引了众多欣赏口味较高的读者。在其影响下，江户文坛诞生了一大批优质的读本小说，如《雨月物语》、《南总里见八犬传》、《椿说弓张月》、《本朝水浒传》、《三七全传南柯梦》等等。

《雨月物语》全名《今古怪谈雨月物语》，也取材翻改自《剪灯新话》和《三言》，共五卷九篇志怪小说。初稿完成于1768年，八年后正式出版。其书名的由来，一般认为出自《牡丹灯记》中的“天阴雨湿之夜，月落参横之晨”句。“雨湿之夜”和“参横之晨”，正是鬼怪出没的时段，取“雨月”二字，体现了梦幻般诡暗的故事背景。

江户时代，德川幕府实行“闭关锁国”政策，统治阶层严密管控文化领域，老百姓普遍在精神上受到强烈压抑，潜在的逆反心理遂孕育了“怪谈文学”这一新的创作形式的蓬勃发展。读本小说原本只是仅供消遣的通俗作品，内容上自然也多以神怪、打斗、滑稽等为题材，以迎合普罗大众的阅读口味。《雨月物语》作为以谈玄说怪为主题的短篇小说集，却别具一格，并未落入俗套。九个短篇皆是风格新颖、结构紧凑，文字流畅典雅、表现手法洗练传神，充满了艺术魅力。

《雨月物语》中以《剪灯新话》为改编对象的有四篇，分别是《白峰》参考《华亭逢故人记》、《夜宿荒宅》参考《爱卿传》、《佛法僧》参考《龙堂灵会录》、《吉备津之釜》参考《牡丹灯记》与《翠翠传》，其余各篇则改编自《三言》。九篇小说的主旨侧重点各异，并非完全强调诡异恐怖，有的借史事阐述理想抱负，有的托鬼怪谴责人间不平，有的张扬儒学以惩恶劝善，有的渲染佛法以探讨宗教哲理和人生真谛。虽然内容怪诞，却将怪诞升华美化，使之具有高度的幻想性，以及浮世万象的真实性。作者在情节的构筑上，不是把怪诞作为一种庸俗的猎奇加以描绘，而是重在挖掘日本各阶层人民生存过程中的喜怒哀乐，对人性进行了深刻剖析，把对心灵的表达发挥得淋漓尽致，提升到了高妙的境界。人的本真在乱世的环境下，通过诡谲恣肆的笔调展露无遗。透过《雨月物语》，我们知道了原来权谋的争锋、兄弟的信义、男女的爱欲、怨妒的执念，扶桑与中国一般无二，不过更为凄绝慑人，浑然没有了《聊斋》中的香艳情浓，笑语相携。

虽然《雨月物语》在故事上与所借鉴的底本仍有不少相似处，但上田秋成的翻改已不同于以往的作家。他并非简单地照搬中国小说，也不拘泥于原作的思想主题，而是在翻改的同时，循着原作的文脉，结合日本当时的时代背景，对《剪灯新话》和《三言》中的相关篇章，进行艺术性的剪辑及再创作，重新编排情节、创造氛围，极力融合日本的人情风俗，再掺入他本人的反复古主义思想，赋予了作品新的主题和艺术特色。这使得《雨月物语》既与所凭依的原作血脉相通，又在创作意图、布局构想等方面脱胎换骨，别开生面。正因为他从单纯的借鉴模仿，向取舍创新迈出了一大步，所以他才超越了都贺庭钟，成为江户文坛的巨匠。

上田秋成精通汉文，所著作品中直接引用汉语词汇和典故较多，骈俪对偶，具有浓郁的中国文言文色彩。他在引用古籍时，采取了不同的方式，有素材的汲取，有词汇的引申，有表达的化用，将汉风日本化，并使两者融合，再以日本传统的审美情趣表现出来，充分展现了上田秋成对于中日两国古典文学的深湛造诣。

经百千劫，常在缠缚。古寺浮屠，如今已成了断壁残垣，蒿草高过人头，辨不清三途之径。上田秋成的文字，与浮华繁美的平安闲文比起来，只见其凌厉，不见其婉约。略带乡土味的言语、精妙的行文，字里行间处处灵光闪动，颇具神秘东方古典温雅、幽美凄怨的精髓。《雨月物语》熔日本民间传说和中国神怪故事于一炉，文字精妙，朗朗上口；情节曲折，结构严密，更兼人物性格鲜明、氛围刻画生动，誉之为日本文学史上的经典杰作，当之无愧！

值得一提的是，日本著名导演沟口健二曾选取《雨月物语》中的《夜宿荒宅》和《蛇性之淫》拍摄了同名电影。这部影片充满了强烈的东方审美色彩，透过名摄影师宫川一夫的巧手，将故事发生的舞台“幽灵豪宅”营造出一种朦胧而又金碧辉煌的气氛。那鬼魂般跳动的烛火、委婉的三弦、暗影浮动的屏风、卷轴画般的女性脸谱……细小的、骨子里的凄美神韵被无限放大到了观众眼前。加上歌舞伎、音乐的配合，妖异幽玄、浮华虚渺的怪谈世界跃然于光影之间。本片因为精彩的意境塑造而受到高度赞赏，在 1953 年的威尼斯电影节上获得银狮奖。

《雨月物语》的姊妹作《春雨物语》，脱稿于文化五年(1808)，是上田秋成晚年时，思想认识、人生体悟都达到顶点的力作。全书共十篇故事，有手稿本和抄本之分，在其去世后才出版刊行。

有别于脱胎自中国古典小说的《雨月物语》，《春雨物语》的取材全部来自日本正史或野史轶闻，以物语故事为载体，巧妙地融合了真实历史、虚构传奇这两大要素，带有浓郁的寓言和讽世色彩。作品中还掺杂了上田秋成的历史、文学观点，是他长年累月注释史籍、古典文学名著的一次浓缩总结。其影响力虽不及《雨月物语》，却也在日本文学史上留下重要一页。

王新禧

2014 年 2 月修订再版

序于福州

目录

雨月物语

春雨物语

序①

罗子撰《水浒》，而三世生哑儿②；紫媛③著《源语》，而一旦堕恶趣④者，盖为业⑤所逼耳。然而观其文，各奋奇态，啽哢⑥逼真，低昂宛转，令读者心气洞越也，可见鉴事实于千古焉。余适有鼓腹之闲话，冲口吐出，雉雊龙战⑦，自以为杜撰。则摘读之者，固当不谓信也，岂可求丑唇平鼻之报哉？明和戊子晚春，雨霁月朦胧之夜，窗下编成，以畀梓氏⑧。题曰《雨月物语》云。

——剪枝畸人书⑨

---

① 此篇原序，作者全部以汉文写就，语意通顺，故径直照录之。

② 罗子，即罗贯中（约1330～约1400），元末明初著名小说家、戏曲家，中国章回小说的鼻祖。明代田汝成在《西湖游览志馀》中云：“钱塘罗贯中……编撰小说《水浒传》……变诈百端，坏人心术，其子孙三代皆哑，天道好还之报如此！”

③ 紫媛，即紫式部（973？～1014?），又称紫珠，日本平安时代中期女性作家，《源氏物语》的作者。

④ 恶趣，与“善趣”相对。地狱道、饿鬼道、畜生道称为三恶趣，又称三途、三恶道。当时日本受中国儒家思想影响，认为《水浒传》的内容属于“诲盗”；《源氏物语》描写靡靡情事，属于“诲淫”。所以这两部书的著者，都要受到报应。

⑤ 佛法中将出自身、口、意的，凡是有意向的任何行为，都称之为“业”。业又分“善业”和“恶业”。

⑥ 啽，说梦话；哢，鸟鸣。

⑦ 雉雊，雉鸣叫；龙战，阴阳二气交战。

⑧ 畀，给予；以畀梓氏，将交付给书坊排印。

⑨ 上田秋成幼时曾患天花，病愈后，右手中指与左手食指各短一截，故自称“剪枝畸人”。

［壹］

白峰[1]

① 白峰：崇德上皇的陵寝所在地，位于今香川县坂出市。

丹枫迎秋，西行法师①于逢坂关口②验关东去。一路行来，但见重峦叠嶂，层林尽染，使人流连难舍。走过水鸟留迹的鸣海滩头，望不尽富士高岭巍然独秀，云遮雾绕。接着越过浮岛原、清见关，领略大矶小矶海岸的澹澹风光。在见过紫草遍地的武藏原野、风平浪静的盐釜晨景之后，又历经象潟的渔户茅舍、佐野渡的浮桥、木曾峡谷上的栈桥，所到之处，无不令人神驰心醉，逸兴盎然。

饱览东国风光后，西行决定掉转回头，向关西旅行，观赏西国的歌枕③之地。遂于仁安三年④秋，经芦葭枯败的难波径直西去。冒着须磨明石浦的彻骨海风，越海来到赞岐国真尾坂的密林，搭起一间简陋茅舍，止步暂息。他并非因为旅途疲累而歇足，而是打算在此静思参佛、专心修行。

久闻距茅舍不远的白峰上，是崇德上皇⑤的陵寝所在，西行一心想去参拜。遂于十月初的某日，前往白峰。登临途中，只见松柏郁郁葱葱，尽管是日暖风和的大晴天，山中却露水清凉，仿佛霏霏细雨，纷扬飘落。身后那座险峻的儿岳峰，直插入云，下临千仞深谷，云雾缥缈，即使咫尺之遥亦难辨识。又行一程，在林木渐疏处，有一隆起的土墩，其上三石叠压，周围荆棘丛生、

---

① 西行法师（1118～1190）：日本平安末期、镰仓初期著名歌僧。俗名佐藤义清，二十三岁时出家，法号圆位，一生共创作了两千多首和歌。

② 逢坂关：京都与近江国（滋贺县）交界的关隘，出了关就是东国。

③ 歌枕：和歌的一种修辞方式，多用于被咏诵的名胜古迹。

④ 仁安，六条天皇与高仓天皇的年号；仁安三年，即公元1168年。

⑤ 天皇退位后号为“上皇”。崇德上皇（1119～1164）本是日本第75代天皇，五岁登基，二十三岁时受鸟羽上皇逼迫而退位。

薜萝①滋长，予人满目凄凉之感。难道这便是上皇御陵吗？西行心神悲沮，茫然四顾，此情此景，不知是真是幻。

遥记昔年觐见崇德上皇之际，上皇高坐紫宸殿、清凉殿御座上，掌理朝政，百官恭聆圣意，诚惶诚恐，齐颂贤良明君。后来上皇让位于近卫院②，仍能藐姑射之山③而居，琼楼玉宇，优游度日。哪承想如今却葬于深山杂草丛下，荒野寂寂，唯有麋鹿奔逐之迹，更无祭扫祝奠之人。万乘之君，也难脱宿世因果孽债，逃不得罪业恶报。念及人世之虚缈无常，西行不由得潸然泪下。

他盘腿在御陵前的一块平石板上坐下，彻夜诵经供奉，为上皇祈祷冥福。同时吟咏短歌一首，曰：

松山涛涌阵阵，
美景如旧依依；
痛悼圣贤吾君，
迷途何日得归。

吟罢，愈发虔诚诵经，毫不懈怠。不觉间寒露浸衫，泪湿衣襟。

红日西沉，暗夜降临，深山分外寂静。西行卧石为床、铺叶为衾，只感筋骨冷彻。凝神四望，墨夜如漆，茂密的松林遮蔽了一切星月清光，令人颇感阴森悚然。他心中凄恻，虽然睡思昏沉，

① 薜萝：薜荔和女萝。两者皆野生蔓草，常攀缘于山野林木或屋壁之上。

② 近卫院：指日本第76代天皇近卫天皇，1141年至1155年在位。

③ 引自《庄子·逍遥游》：“藐姑射之山，有神人居焉。”这里比喻居处高不可攀。

蒙蒙眬眬间，忽然听到叫唤声：『圆位！圆位！』睁眼一看，只见迎面立着一个异样身影，身高体瘦，面孔与衣衫纹色均模糊不清。西行本是有道高僧，毫无怯意，问道：『来者何人？』那人答道：『方才听得高僧吟歌，吾欲和之，故现身一见。』

渐渐困乏，却也难合眼安睡。蒙蒙眬眬间，忽然听到叫唤声："圆位！圆位！"睁眼一看，只见迎面立着一个异样身影，身高体瘦，面孔与衣衫纹色均模糊不清。西行本是有道高僧，毫无怯意，问道："来者何人?"那人答道："方才听得高僧吟歌，吾欲和之，故现身一见。歌曰：

泛舟松涛浪里，
无常随波逐流。
此身归途无望，
小舟杳渺无踪。

高僧祭吊之情，令朕甚感欣慰。"

西行闻言，方知眼前是上皇魂灵，急忙伏地叩头，涕泪俱下，道："陛下缘何不早赴净土，往生极乐，却仍在这尘世徘徊? 贫僧钦羡陛下厌离浊世，为求随缘之幸，故今夜在此诵经参拜。孰知陛下依旧贪恋凡尘，此刻显形，令贫僧深感惶惑。愿陛下忘却今生，速归净土，圆证佛果。"

言辞殷殷，其意甚诚。崇德上皇听了嘿然而笑，道："你哪里晓得，近来世间纷扰乱局，皆拜朕之所赐。朕在世之时已陷魔道，倡祸'平治之乱'①，死后仍要作祟皇室。你且看着，过不多久，天下又将大乱矣!"

---

① 平治元年（1159），在"保元之乱"中立功的源氏首领源义朝，因未受重用，与平清盛结怨。十二月四日，源义朝乘平家离开京城参拜神社的机会，联合藤原信赖拘禁了上皇和天皇，史称"平治之乱"。在外的平清盛闻讯，立即集结重兵，于翌年正月大败义朝军，诛杀了藤原信赖，并将义朝一族屠戮殆尽。经此一役，平家势力全面上升，专揽朝政，炙手可热。

西行闻言，止泪说道：“上皇此语，贫僧闻之不胜惊恐。上皇天资聪敏，本是有道明君，人所皆知。今时却心思残戾，实在令人不解。贫僧敢问陛下，当年‘保元之乱’①，您到底是遵天神之教而策划，还是因一己私念而谋叛呢？伏望详告。”

崇德上皇勃然变色，道：“汝且听好。帝位乃世间至尊之位，若天子有悖纲常天道，则臣下应天命、顺民望而伐之，亦不无道理。然永治年间，朕本无过，却迫于父皇敕命，让位于年仅三岁之体仁。似此，怎能言朕私心深重？体仁早逝，由朕之子重仁继承皇位，天经地义，朕与群臣皆怀此望。怎料美福门院②心怀嫉妒，一力促成吾弟四皇子雅仁登基为君，朕岂能不怨气满腹？重仁有治国雄才，而雅仁不过朽木。不问德才择君，竟将天下大事委于后宫决断，此系父皇之大错。尽管如此，父皇在世时，朕仍竭力奉孝，从未流露任何怨恚之色。直至父皇驾崩，朕始萌发复仇雪恨之念。往昔武王伐纣，以臣讨君，只因应天顺命，遂开创周朝八百年基业。何况朕原本即为国君，牝鸡司晨，朕取而代之，何言失道？汝虽出家礼佛，却只求来世解脱之利欲，将儒家人道之理同佛门因果牵强附会，以尧舜之教混于释门之说，以为这样便能说服朕吗？”

他声色俱厉，侃侃阐述。西行毫不畏惧，移膝向前奏道：“上

---

① “保元”是日本第77代天皇后白河天皇的年号。公元1155年，近卫天皇去世，崇德上皇希望自己复位，或由儿子重仁亲王继承皇位。但鸟羽法皇把自己的儿子雅仁亲王扶上了皇位，是为后白河天皇。保元元年（1156），鸟羽法皇病死，崇德上皇联合左大臣藤原赖长发动政变，后白河天皇与关白藤原忠通、平清盛等策划反击，双方爆发了争位之战，即著名的“保元之乱”。最终崇德上皇战败，在仁和寺被擒，流放赞岐。

② 美福门院：鸟羽天皇的皇后，体仁（近卫天皇）的生母。

皇所言，乃借人道之理而辩人欲。姑且不论遥远震旦①史例，本朝古时，誉田天皇②置长子大鷦鷯尊于不顾，立幼子菟道亲王为皇太子。誉田天皇晏驾后，兄弟互让，皆不肯即位为君，推来让去整整三年。菟道亲王深怀忧虑，暗思：‘岂能因我久生在世，而令天下人忧?’于是自尽身亡。大鷦鷯尊不得已才承继了帝位。此乃重天业而守孝悌，尽忠心而绝私欲，方才称得上尧舜之道。本朝素来尊崇儒教，用以辅佐王道，正由菟道亲王自百济聘请王仁③而始。故此，兄弟互让之心，正是汉土圣人之教啊！又如周之创业，武王一怒而安天下万民，却不能说是以臣弑君。盖因《孟子》云：‘贼仁者谓之贼，贼义者谓之残；残贼之人谓之一夫。闻诛一夫纣矣，未闻弑君也。’是故，汉土经典、史册、诗文等，无不传入我国，唯有《孟子》一书至今难到日本。凡运有此书之船，必遭风暴而沉没。若问缘由，我国自天照大神④开辟以来，遵其训示，皇祚连绵，世代相传从未断绝。若将那巧言诡辩之书传入本朝，后世必据此篡夺神孙皇位而称无罪。是故八百万神恼怒，屡起神风，翻覆其船⑤。可见他国圣人之教，亦有诸多不适本朝国情。况且《诗经》有云：‘兄弟阋于墙，外御其侮。’

① 震旦：中国的古称。

② 誉田天皇即日本第15代天皇应神天皇，在位时间为270年至310年。因为在《日本书纪》中被称为“誉田别尊”，故又称誉田天皇。

③ 王仁：百济人，应神天皇时舶来日本，献《论语》十卷、《千字文》一卷。儒教与汉字借此传入日本。

④ 天照大神：日本神话中最高位的太阳女神，被奉为日本皇室的祖先，尊为神道教的主神。

⑤ 此奇事中国明朝《五杂俎》卷四亦有记载：倭奴亦重儒书，信佛法，凡中国经书，皆以重价购之，独无《孟子》，云：“有携其书往者，舟辄覆溺。”

当年先帝崩御，陛下忘却骨肉亲情，殡宫中尸骨未寒，便掣旗引弓，举兵争位，不孝之罪无以复加。天下者，神器也，岂能因一己私欲而肆意窃夺！即使重仁即位乃万民仰望，如不布德施和，反悖道而行，则昨日钦慕帝君之民，今日必怒目而敌陛下。是以陛下不但难遂本愿，自身反蒙受史无前例之责罚，遭流放至荒远穷僻之地。如今唯有忘弃旧仇、早归净土，方为正途。”

西行恳切陈词，崇德上皇叹息道：“尔今以事实诘问于朕，并非全无道理。然对朕而言，又如之奈何？朕自流谪此岛，即长久困于松山高远宅中，每日除供应三餐外，绝无一人前来。长夜寂寂，伏枕静聆雁鸣，不禁思念故居，心意悠悠，直欲跟随鸿雁飞返京都。拂晓醒来，耳闻沙洲上千鸟飞鸣，牵动愁肠，归心益甚。然而纵使盼到乌鸦白头，朕亦归京无望，他日定成海畔孤魂无疑。朕念念深思，为后世着想，乃手抄《五部大乘经》①。但荒岛上寺钟难闻，又哪有寺院可供放置经卷？为免经文埋没，朕无奈之下，只好遣人将手书经文送往京都仁和寺，并附短歌一首：

海滨千鸟迹，飞送京中人；
松山寄此身，鸟鸣吾哀泣。

哪知少纳言信西从中作梗，进谗奏道：‘所送经文似乎包藏上皇之诅咒，不宜收留。’经文因此被原封不动退回，实是令人可恼可恨。自古以降，无论本朝、汉土，为争帝位而兄弟骨肉相残之例，司空见惯。朕因自知罪愆深重，方才手录经文，以示忏悔自

① 《五部大乘经》：《华严经》、《大集经》、《大品般若经》、《法华经》、《涅槃经》。

赎。即便有人作梗，亦不该无视‘皇亲犯事，可酌议减刑’之成法，而拒绝朕之手墨。由此，朕复仇之心又炽，思想索性将经文奉与魔道，以雪心头耻恨。一念至斯，遂咬破手指，写下血书咒文①，同经卷一起沉入志户海中。从此，朕遗世独立，深居幽室，立下大愿，誓为大魔王。果然魔道助我，遂起‘平治之乱’。先是藤原信赖因贪图高位而萌野心，与源义朝共谋，密图造反。那源义朝正是朕之切齿大敌，其父源为义及其同族武士，皆在保元一役中为朕捐躯。唯有源义朝叛朕投敌，反以刀矢向朕。当年保元战事，八郎源为朝②勇猛善战，又有源为义、平忠政运筹帷幄，朕胜券在握。不料西南风起，义朝献计火攻，致使我军大败。朕只得从白河北殿东门逃出，蒙尘于山路险峻的如意岳，双足负伤，靠樵夫砍来荆柴遮挡风雨，终不免遭擒被捕，流放此岛。皆因源义朝奸计，方有此种种恨事。为报此仇，朕使义朝生虎狼之心，与信赖同谋作乱，获罪于地祇，犯下欺君忤逆重罪，终被不善武略的平清盛讨伐。义朝曾于保元之乱中，弑其父为义，罪孽本深，后在逃亡途中，死于家臣之手。当真是报应不爽，天谴天诛。至于少纳言信西，常自夸博学多识，无容人之量。朕便促使他与信赖、义朝为敌，迫其弃家逃亡，于宇治山中掘洞藏匿，最后被义朝捕获，枭首在六条河原。此乃信西谗言惑主，拒收朕之经文的

① 据《保元物语》载，崇德上皇的血书咒文写道：“三悪道に抛籠、其力を以、日本国の大魔縁となり、皇を取って民となし、民を皇となさん。”意为：“投身地狱、饿鬼、畜生三恶道，以五部大乘经之力，成日本国大魔王，令天皇成贱民，贱民成天皇。”此咒后来应验，平家、源氏、足利、丰臣、德川等武士政权长期凌驾皇室之上，皇室沦为傀儡近七百年。

② 源为朝：源为义第八子，源义朝的弟弟。据说是日本第一个切腹自杀的武士。

果报。后来在应保①之夏，美福门院毙命；又在长宽②之春，藤原忠通因鬼魂作祟而归西。朕自身亦于当年秋天辞世，但满腔怒火死后更炽，终于变成统率三百多恶鬼的大魔王。见人幸福，便转而为祸；见天下大治，便煽动战乱。如今唯有平清盛那厮，福泽深厚，满门荣华，高官厚禄，大权独揽。只因有长子重盛辅佐，忠义仁德不失，故而平家灭亡之期暂时未至。然则汝且观之，平家气运亦难长久。尚有雅仁，也必有恶报。”崇德上皇咬牙切齿，面容狰狞。西行道：“陛下深陷魔途，恶业深重，与佛土已相隔数亿万里，贫僧不便再言。”于是相对无言，默然静坐。

便在此时，峰谷摇震，狂风大作，漫天飞沙走石，几乎摧折林木。只见一团鬼火由崇德上皇膝下燃起，将山谷照得亮如白昼。火光中，崇德上皇神色骤变，龙颜赤红恍若朱砂渲染，头发蓬乱披散至膝头；白眼吊起，口喷热气，其状极为痛苦。继而御衣由柿色变为焦黑，手脚生出有如兽爪的指甲，俨然一副大魔王的可怕形象，令人恐惧。他向空中呼唤道：“相模！相模！”一只像鸢的怪鸟“啊”一声飞来，从天而降，伏在上皇面前听命。上皇问怪鸟道：“为何不取了重盛性命，使雅仁和清盛受苦?”怪鸟答道：“后白河上皇洪福未尽。重盛乃忠信之人，难以接近，须等干支再过一轮③，重盛命数方尽。重盛一死，则平家满门福运都将随之而终。”

---

① “应保”是日本年号，时在1161年9月至1163年3月。这一时期的天皇是二条天皇。

② “长宽”是二条天皇改元后的年号，时在1163年3月至1165年6月。

③ 干支一轮：干支纪年中，天干十年一轮，地支十二年一轮。西行与崇德上皇的这番谈话，是在仁安三年（1168），后平重盛果然于治承三年（1179）病死，正好一轮十二年。

崇德上皇拍手称快，道：“朕之仇敌都将葬身于眼前这海底。”其声厉厉，在山谷间回荡，凄怆之感言语难以形容。西行眼见他堕落魔道，不禁唏嘘落泪。于是高吟短歌一首，希冀能劝导上皇皈依佛法。歌曰：

君昔高卧白玉床，

今朝长眠奈若何？

歌中之意，是说刹利①与须蛇②在死后并无分别。

西行慨然高歌，崇德上皇听了，心有所感，面色稍霁，鬼火也逐渐消失。最后他身形一晃，如烟消雾散般销声匿迹，那怪鸟也飞得杳然无踪。上弦月隐没峰后，林中暗黑无光，恍若梦境。

少顷东方渐白，晨鸟啼唱。西行将《金刚经》一卷奉于陵前，以为供养。下山归庵后，他静心回思昨夜所见，自平治之乱始，种种生死事迹、年月日期都与上皇所说分毫不差。西行深知非同小可，将此事深藏心底，绝口不向任何人提及。

岁月如梭，又经过十三年③，治承三年秋，平重盛病逝，入道相国④平清盛，因怨恨后白河法皇⑤，将其幽禁于鸟羽离宫，后又移囚福原的简陋茅宫中。嗣后，源赖朝自关东举兵，木曾义仲

---

① “刹利”是古印度种姓制度中“刹帝利”的略称，意译土田主，即国王、大臣等统御民众的阶级，也称“王种”。古印度的王族、贵族、士族都属于这一阶级。

② “须蛇”即古印度种姓制度中的第三等级“吠舍”，由从事社会生产的农牧民、手工业者和商人等组成，泛指平民阶级。

③ 此处原著有误，应为十二年。

④ 官阶在三位以上的官员出家，尊称为“入道”。

⑤ 出家为僧的上皇，称为“太上法皇”，简称“法皇”。

横扫雪国北陆，杀入京城。平家一门逃奔西海，流亡至赞岐海滨的志户、八岛时，平家武士大多葬身鱼腹。最后被赶到赤间关、坛之浦，幼主安德天皇投海，残余平家众将也尽数覆亡。一切悉如朝露消逝，仅为后世留下感喟之话柄。

其后崇德御陵被重新修建，镶金嵌玉，飞檐绘彩、栋梁雕花，上皇威严备受敬仰。各地前来登山谒陵者，无不顶礼膜拜，献上币帛，尊崇德上皇为神灵。

［贰］

菊花之约[1]

① 本篇改编自中国明朝冯梦龙作品《喻世明言·卷十六·范巨卿鸡黍死生交》。

庭院莫栽垂杨柳，结交莫结轻薄儿。杨柳不耐秋风吹，轻薄易结还易离。杨柳逢春发新绿，轻薄永无再访时。

话说播磨国加古驿有个叫丈部左门的文士，安贫乐道，平日里除了与书为友，对一应金钱俗务概不理睬。左门之母贤似孟母，每日纺纱捻丝，以此助儿读书修学。左门的妹妹许配给同乡佐用为妻。这佐用家境优渥，因敬慕左门母子贤良高洁，故而聘娶其妹。两家结为姻亲后，佐用时常以各种理由，接济左门一些财物。但左门自思堂堂男儿，岂能以口腹累及他人？所以每次都婉言谢绝了。

一日，左门拜访同乡挚友，二人谈古论今，正说到兴头上，忽闻隔壁有痛苦呻吟声，左门遂向主人家询问。主人答称："邻房那人好像自西国而来，数日前与同伴失散，请求在此借宿。我观其相貌不凡，颇有武士风度，便安顿他住下。谁知他当天夜里突发邪热，高烧不退，卧床不起已有三四天了。又不知他是何地之人，实在为难得很呢！"

左门听了这话，道："真是可怜之人。你为此忧愁难安，也是应有之义。那位客人行旅途中沾染疫病，委顿于异乡，更兼举目无亲，此刻一定分外焦虑，待我去探视于他。"

主人急忙阻拦道："听说瘟病最易传染，我从不敢让家人童仆去那屋探视他，你也千万别靠近他，免得染上恶疾害了自己。"左门笑道："死生有命。世间多有愚昧之言，那病也未必能传染给我。"说着推门入室，见那病人确如主人所言，绝非凡俗之辈。只是因为身有重病，面黄肌瘦，卧于一床旧被褥上，眼睁睁地望着左门，求道："能给我一碗热水喝吗？"

左门上前安慰道："壮士只管宽心，我一定想方设法医好你的病。”遂与主人商量，斟酌开方，购买药材。又亲自煎汤送药，煮粥喂食。如同对待手足兄弟般，须臾不离，尽心周到地服侍那武士。

武士深感左门厚待之情，感激涕零道：“在下只是一个流落异乡的过客，您竟如此无微不至地照料于我，就算死，我也要报答您的大恩大德!”左门忙安慰道：“切莫如此说。凡瘟病皆有疫期，只需挨过疫期，病情便会好转。在此期间，我定每日皆来照料。”

因了左门的精心照料，武士病体渐愈，精神也爽利了许多。他向宿屋主人诚恳道谢，并对左门的善举万分感激。交谈中，武士问起左门生业，并述说了自己的身世，他言道：“在下乃出云国①松江乡人氏，姓赤穴，名宗右卫门。因粗通兵法，富田城主盐冶扫部介聘我为师，讲授兵书战略。不久前，又任命我为密使，差往近江佐佐木氏纲府中拜访，氏纲留我暂宿驿馆中。就在此时，富田城前城主尼子经久②勾结当地豪族山中一党，在除夕之夜出其不意突袭富田城，扫部介大人自杀。出云本是佐佐木氏纲领地，盐冶大人乃代理守护。我便向佐佐木进言，请他援助与尼子对立的三泽、三刀屋等豪族，尽速歼灭尼子经久。哪知氏纲却是个外勇内怯的愚将，不但不接受我的良言劝谏，反将我监禁于驿馆内。

---

① 出云，位于本州岛北部，属岛根县，是出云神话的发祥地。传说须佐之男命在出云立国，建造了一座雄伟的宫殿，宫殿破土动工之时，有八朵祥云自地上升腾而起。

② 尼子经久（1458～1541），战国时代著名武将、大名。1486年元旦之夜，年仅二十八岁的尼子经久，联络以歌舞艺能为职业的贺麻党，借由到富田城中表演千秋万岁舞为掩护，突袭富田城，迫使城主盐冶扫部介自杀。此后尼子经久以富田城为基地，发展成为拥有十一国的强势大名，被后人誉为“战国白手起家之先驱”。

『就在此时，富田城前城主尼子经久勾结当地豪族山中一党，在除夕之夜出其不意突袭富田城，扫部介大人自杀……我便向佐佐木进言，请他援助与尼子对立的三泽、三刀屋等豪族，尽速歼灭尼子经久。哪知氏纲却是个外勇内怯的愚将，不但不接受我的良言劝谏，反将我监禁于驿馆内。』

我思忖绝不可久留于近江，遂设法逃出。不料在返回出云途中身染疫病，幸得先生救拔并尽心照拂，大恩没齿难忘，后半生定竭力图报。”

左门道：“恻隐之心，人皆有之。我绝无施恩望报之心，阁下不必言谢。请在此再逗留一段时间，好好调养身体吧。”

承左门殷殷盛情，赤穴又将养了数日，病体已恢复得差不多了。

这些时日中，左门沉浸在遇到知己良朋的喜悦中，无论日夜都去拜访赤穴，两人倾盖如故，无所不谈。言及诸子百家之事时，赤穴妙论精当，有真知灼见，所解非常人所能及。特别对于兵法机略，更是抉微阐幽，洞明透彻。二人意气相投，莫逆于心，遂结拜为异姓兄弟。赤穴年长五岁，被左门拜为义兄。赤穴道：“我自小父母双亡，贤弟之母即为我母，我欲登堂拜见母亲大人，不知她老人家能否接受我的赤子孝心？”

左门听了大喜过望，道：“老母常为小弟孤单一人而忧，今日若将兄长一番肺腑之言转达，她定会欢喜得增寿延年。”言毕，立即带赤穴回到家中。

左门之母见了二人，眉开眼笑，喜道：“吾子不才，所学难合时宜，已失仕途青云之便。今幸蒙阁下不弃，结为兄弟，望日后多多指教。”赤穴急忙跪拜，恭敬施礼道：“大丈夫义重如山，功名利禄何足道哉！今蒙高堂慈爱，贤弟又待我情真意挚，幸运如斯，夫复何求？”自此便在左门家中住下，欢洽数日。

昨日还盛开的尾上之樱，今朝已经凋谢。凉风习习从海上吹来，拍打着礁岸。不问亦可知晓，初夏到来了。

赤穴向左门母子道：“我从近江逃出，在此淹留诸多时日，出云动静久已不知。请容我回出云探望，不久便归。届时菽水承欢①，专心事孝，以报大恩。”左门问道：“不知兄长几时回返？”赤穴答道：“时光易逝，最迟不过今秋。”左门道：“今秋何日，望兄长说个确切日子，以便迎候。”赤穴道：“那就约在九月初九重阳佳节吧。”左门道：“好，请兄长一定要如期归来。小弟当备下薄酒金菊，恭候兄长。”二人互道珍重，依依惜别。赤穴大踏步向西而去。

日月如梭，光阴似箭，转眼枝上茱萸染红、篱下野菊争艳，秋季已至。九月初九这天，左门起了个大早，先洒扫干净厅堂，在花瓶里插了两三枝黄白菊花，又倾囊沽来美酒、备下佳肴，等候义兄归来。

老母亲看着勤快的儿子，说道：“孩子，出云国远在百里之外的山阴道②尽头，赤穴今日未必赶得回来。且待他归来后，再备酒菜也不迟啊。”左门道：“不，兄长是个重信义的武士，必定不会误约。如果等他回来再匆忙张罗，他会作何感想？我们岂不惭愧！”于是温酒烹鱼，在厨下忙碌准备起来。

当日秋高气爽、晴空万里，加古驿游人如织。有人道：“今日是某某贵人进京的日子，天气又好，往京城做买卖一定大有赚头。”又有一个年约五十的武士，向同样装束的二十出头的武士说道：“海面风平浪静，若是早上从明石乘船，午前已到牛窓港了。你年纪轻轻却如此胆怯，平白枉费了诸多盘缠。”年轻武士辩道：

① 菽水承欢：指身虽贫寒而尽心孝养父母。典出《礼记注疏》卷十《檀弓》。孔子曰：“啜菽饮水，尽其欢，斯之谓孝。”菽，豆类的总称；菽水，豆和水，指最平常的食物。

② 山阴道：五畿七道之一，位于本州日本海侧的西部，相当于现在由北近畿至岛根县范围。

“这一带的海路，旅人无不担惊受怕。上回同大人进京，由小豆岛搭船至室津港，一路上风高浪急，吃尽了苦头。您请息怒，到了鱼桥，我请您吃碗荞麦面。”另有道旁的驮夫气冲冲地一边拍着驮鞍，一边喝道：“该死的马，睁眼快走。”催促着驮马去了。

眼看天已过午，赤穴依然影踪全无。到了日薄西山，行人们都匆匆地赶往旅店投宿，左门仍目不转睛地盯着道路，望眼欲穿地等待着义兄归来。

老母对左门说道：“人心不会像秋日的天空那般，说变就变；菊花鲜艳绽放的日子，也不单只有今天。若赤穴有心守约，纵然到了雨月（阴历十月）方归，也没什么可抱怨的。快回屋歇息，明日再等吧。”左门只好先佯装就寝，哄老母睡下，自己则心存一线希望，又起身在门口徘徊。但见银汉灿烂，星辉满天；冷月悬于天际，空蒙的月色映得孤影倍显凄清。村庄已在睡梦中，突然传来阵阵农家的犬吠，划破了无言夜空。远处海边涛声拍岸，恍若近在足下。

月亮渐渐隐于山后，夜色愈发暗了。左门怅然若失，终于死心，正欲闭门入屋，忽见朦胧间有个人影轻飘飘地快速移近。他定神一看，来人正是赤穴宗右卫门。

左门惊喜交集，开怀道：“小弟由清晨一直等到深宵，兄长终于如约归来，小弟倍感欣慰。赶快进屋吧！”赤穴却不答话，只点了点头。左门先行几步，将赤穴引领至南面窗下坐定，说道：“因兄长归家颇晚，母亲久候不至，说是明日再等，先去睡了。小弟即刻去唤醒她。”赤穴仍然一言不发，只摇摇头，做了个制止的手势。左门道：“兄长日夜兼程赶回，定然身心俱疲、腿脚酸痛了吧？且小酌一杯，再去歇息。”言毕烫酒上菜，殷勤相劝。赤穴以袖遮面，仿佛嫌酒菜荤腥气味。左门道：“所陈水酒粗肴，虽寡淡乏味，却是小弟井臼之力亲手制备，聊表寸心，还请兄长不要嫌弃。”

赤穴仍然静默不语，不住地长吁短叹。隔了半晌，终于语调沉重地说道：“贤弟赤诚待我，为兄岂会嫌弃？实不相瞒，为兄已非阳世之人，而是阴间孤魂，此刻不过是暂借人形前来践约。贤弟万勿惊骇。”

左门大惊失色，问道：“兄长缘何口出无稽之言？难道小弟身在梦中？”赤穴道：“自与贤弟分别回到出云后，为兄发现彼处之人，慑于经久威权，尽已忘却前主公盐冶扫部介之恩惠。我那堂弟赤穴丹治，也已在富田城中做了尼子经久的家臣。当我去拜访他时，他费尽唇舌，陈说利害，极力劝我投效经久，并做了引荐。我表面上听从丹治的劝说，跟随经久身边，细察其言行为人。经久虽有万夫不当之勇，且善于统御兵将，但生性多疑，为人诡黠，不肯轻易信人，所以身边并无心腹爪牙可用。我暗忖富田城非久留之地，便向经久言明与贤弟有菊花之约一事，想就此离去。经久听罢，勃然大怒，命丹治将我软禁于宅内，不得出城，耽搁至今日。我忧心如焚，深觉今日若不能如期赴约，贤弟将视我为何许人？苦思良久，无计逃脱，最后想到古人有云：‘人不能行千里，而魂日行千里。’于是断然切腹自尽，今夜乘阴风，幽魂自出云来赴菊花之约，望贤弟体察愚兄之至诚守信。”言毕泪下如雨。又道：“你我阴阳相隔，就此永诀。望贤弟好好侍奉母亲大人。”说完飘然起身，一晃即消失不见。左门慌忙上前，欲拉住赤穴，迎面一阵阴风遮目，难辨方向。他跌倒在地，失声痛哭。

老母被哭声惊醒，来到左门屋中，见地上杯盘狼藉，儿子躺倒其间。她连忙扶起左门，询问为何如此。左门只是呜咽不答。老母道：“你是在抱怨赤穴失约未至吗？说不定他明天就会回来，可以让他解释原因啊！你年纪已然不小，怎么还这么幼稚愚鲁呢！”左门啜泣半晌，方道：“兄长今晚特地来赴菊花之约，孩儿以酒菜相迎，不料他一再推让，最后才道出实情。原来他因故不能履约，竟自绝性命，阴魂飞越百里，前来相会。一诉说完原因便不知去向。孩儿由此悲声哀恸，惊扰了母亲大人，还请见谅。”说着又泪如迸泉。老母不信道：“谚云：‘囚人梦赦罪，渴人梦饮浆。’我儿想必是日有所思，夜有所梦。还是静下心好好休息吧。”左门摇头道：“确确实实，兄长曾经来过。孩儿所言绝非梦话。”老母见他哀哀欲绝，始信此事当真。母子二人抱头痛哭，直至天光破晓。

翌日，左门向老母告别，道：“孩儿自幼托身翰墨，尝闻‘于国不能尽忠，于家不能尽孝，徒生于天地间耳’。兄长赤穴为信义而舍身，孩儿欲往出云收埋骸骨，以全信义。请母亲大人自重身体，孩儿就此暂别了。”

老母道：“吾儿此去，定要早日归来，免得我心中挂念。老身年事已高，你若迁延太久，怕今日别离将成永诀。”左门道：“生如浮沫，死生之事，旦夕难保。孩儿一定速去速回。”遂洒泪拜别。先到佐用家，托请照料老母。随后迈步向出云而去。

一路上饥不知食、寒不思衣，夜宿店舍，虽梦中亦哭。行了十日，来到富田大城。

他先找到赤穴丹治的宅邸，通名求见。丹治迎左门入宅，疑惑道：“并无鸿雁传书，阁下怎知宗右卫门亡故？真是奇哉怪也。”

左门道：“武士之道，贵在不屑荣华富贵，只重信用义气。吾之义兄宗右卫门，重信守诺，化作游魂百里来报。此情此义，我定要报答于他。所以我夜以继日赶来富田，欲以往日所学，请教阁下：昔时，魏相公叔痤患病，魏惠王亲往问病，曰：‘公叔痤有如不可讳，将奈社稷何？’公叔曰：‘痤之中庶子公孙鞅，年虽少，有奇才，愿王举国而听之。’王嘿然。王且去，痤屏人言曰：‘王既不听用鞅，必杀之，无令出境。’王许诺而去。公叔痤召鞅谢曰：‘今者王问可以为相者，我言若（汝），王色不许我。我方先君后臣，因谓王既弗用鞅，当杀之。王许我。汝可疾去矣，且见禽（擒）。’① 今以此事，与阁下软禁宗右卫门一事相较，汝以为谁对谁错？”

丹治羞愧低首，默然无言。左门移膝向前，又道：“吾兄宗右卫门不忘盐冶旧恩而拒事经久，义士也；你却背弃旧主，投靠新贵，不义也！兄长为菊花之约，舍命百里赴会，信人也；而你献媚尼子，非难亲友，致兄长横死，无信也！尼子虽强留兄长，你也该念及往昔友情，效仿公叔痤私放商鞅之谊，放兄长离去。你却贪恋私利，毫无武士风范，倒颇有尼子之家风，兄长自然不肯留于此地。今日我为信义而来，尔将因无信无义遗臭万年！”话音刚落，左门立即拔刀砍死丹治，夺门而去。当家眷们闻声赶来时，左门已逃遁无踪。

尼子经久得知此事后，感念赤穴与左门两兄弟情深义重，命令不得追捕左门。呜呼！轻薄之徒不可结交，诚然如是。

① 原文引自《史记·卷六十八·商君列传·第八》。

［叁］

夜宿荒宅①

① 本篇改编自中国明代文言短篇小说集《剪灯新话·卷三·爱卿传》。

下总国葛饰郡真间乡，有个后生名唤胜四郎，世居于此。由于祖上勤勉操持，挣下不少田产，家境可算殷实。然而到胜四郎时，却因他放浪成性、厌于农耕，致使家道中落，日渐衰败。久而久之，亲戚们也与他疏远了。胜四郎颇有悔意，寻思着找个路子，重兴家业。

恰巧有个叫雀部曾次的商人，专司收购贩卖足利染色丝绸的营生，每年都会从京都来真间乡，探访他住在此地的一位远亲。胜四郎和他早已熟识。某日，胜四郎恳求雀部带自己一起去京里经商。雀部当即应允，并约定了出发的日子。胜四郎知他诚实可靠，满心欢喜，遂将家中剩余田产尽数变卖，以此做本钱，购入大批丝绢，准备克日赴京。

胜四郎之妻宫木，贤良淑德、貌美性聪，听说夫君要进京经商，心中深感不妥，再三婉言劝阻。无奈胜四郎素来任性，自以为是，怎肯听从妻子劝说。宫木虽对夫君离去后的日子大为忧虑，但仍然勉强振作，为四郎打点好行囊。临别前夜，宫木柔肠百转，依依不舍，向四郎凄婉道："夫君走后，我便孤单一人无依无靠，就像荒野迷途一般，惊慌失措，无所适从。望夫君朝夕勿忘，早日返家。虽然世事无常，未来难料，但只要一息尚存，我们定能再度聚首。望夫君垂怜，莫弃糟糠。"胜四郎安慰妻子道："身在异乡，如乘浮木飘零，焉能长居？待到来年暮秋，风卷葛叶之时，我便归来了。你安心在家等候便是。"过得几个时辰，晨鸡报晓，胜四郎别过妻子，出门向京都而去。

时值享德①四年夏，镰仓御所②足利成氏与管领③上杉氏失和，双方兵戎相见，成氏官邸毁于兵燹，成氏逃往下总国暂避。关东因而大乱，群魔乱舞，兵连祸结，无一处安宁。年迈者遁迹深山，少壮者充为军兵。今日风闻“某处遭焚”，明日又言“敌军将至”，老弱妇孺东逃西窜，哀声遍野。胜四郎之妻宫木本想出逃外乡，又念及夫君临别前有交代“待到深秋便回”，只好困守家中，苦苦支撑，惶恐不安地挨着日子。终于深秋到来，丈夫却依然杳无音信。宫木自伤自怜，幽怨夫君薄情，感慨人心如这乱世般多变，遂作歌一首云：

心悲度日苦，
谁传鸿雁书？
逢坂报夕鸟，
告郎秋已深。

歌中尽显凄凉悲伤之意，可惜两地相隔遥远，无法将此歌传给身在京都的胜四郎。

时局纷扰，人心渐坏。屡有路过门前的轻薄之徒，见宫木美貌，肆行挑逗勾引。宫木严守妇德三贞，冷面坚拒。后来索性紧闭家门，不见外人。她辞退了唯一的婢女，慢慢地又花光了微薄的积蓄，苦苦熬过残年，等到了新一年的年初，战乱却依然频仍，

---

① 享德，日本年号之一，时在1452年到1455年。这一时期的天皇是第102代天皇后花园天皇。

② 镰仓御所：又称镰仓公方、镰仓殿、关东将军。室町幕府在镰仓方面设有“关东御所”，由镰仓御所负责统领。

③ 镰仓御所下设“关东管领”一职，负责主理关东政务。

仿佛永无太平之日。在上年秋，美浓国郡上领主东下野守常缘，奉幕府足利将军之命，东征下总。他联合同族的千叶实胤，共伐成氏，成氏一方布阵死守。双方战况胶着，不知何日方能平息。战焰高炽，贼寇蜂起结寨，烧杀抢掠无恶不作，关东八州生灵涂炭，无一处安宁，几成人间地狱。

再说胜四郎跟随雀部进京，适逢京都奢华之风盛行，所贩丝绢尽数顺利售出，盈利甚丰。然而就在他准备踏上归途时，听说上杉军大败御所军，正乘胜在下总国追击成氏溃兵，故乡葛饰郡一带成为屠场，恶战方酣。兵荒马乱之际，谣诼纷纭，就连眼前诸事都难辨真假，更何况远隔八重的故乡。胜四郎心中忐忑，遂于八月初匆匆忙忙离京返乡。哪知途经岐曾真坂时，不幸撞上了落草剪径的山贼，所携行李财物被劫掠一空。又听人说，一路向东的路上，新设多处关卡，断绝了往来旅人的去路。胜四郎心想，此际消息难通，家园可能已毁于战火，保不准连妻子也可能不在人世了。若果真如此，故园即为鬼域，倒不如回京再做打算。于是折回京都。岂料行至近江国时，身染热病，浑身燥热难当。他勉力支撑，投奔近江国武佐乡的一个富人。那富人名叫儿玉嘉兵卫，是雀部的岳父。胜四郎道明来意，嘉兵卫慨然答允让他在自己家养病，并为之延医问药，精心照顾。不久胜四郎病体渐愈，对嘉兵卫感恩戴德，再三致谢。他身子尚虚，行动不便，只得留在儿玉家调养。这一住就是数月，不觉已是新的一年。在此期间，四郎因生性豪爽，在武佐乡结交了不少新朋友。儿玉及乡人们喜其诚朴，与他相交甚笃。其后四郎就往返于京都雀部家和近江儿玉家之间，寄人篱下。光阴似箭，一晃眼七易寒暑，岁月如梦境般消逝。

宽正二年①，畿内地区河内国的畠山氏兄弟同根相争，战乱波及京都。入春以来又瘟疫肆虐，街头巷尾到处可见僵卧倒毙的尸体。由是人心惶惶，尽皆悲叹末日将临。胜四郎思忖再三："吾今落魄潦倒，沦落他乡，又无所作为，长期受人恩惠也非久远之计。发妻音信全无，自己在这萱草丛生之地虚度光阴，真是无信无义之至。即便妻子已赴黄泉，也该寻到她的骸骨，替她安个坟，以慰在天之灵才对。"他将心中所想遍告诸友，遂于五月放晴的某日，道别友人，经十天路程，回到了家乡。

此时暮影蔽日，乌云低垂，四野黯淡无光。胜四郎心道，我自幼生长于此，即便天色昏暗，也决计不会迷路。于是径自踏着夏草萋萋的荒野小路，向前行去。一路上，往昔横跨河滩的著名渡桥，如今已荒废塌落；马蹄之声寂然无闻，田地荒芜杂草丛生；旧路难以辨识，旧邻悉数不见。偶尔可见散落的寥寥几户屋舍，看似有人居住，却也面目全非了。

胜四郎怃然伫立，茫然不知故居何在。正迷惘间，借着云间的微弱星光，见二十步开外，有棵被雷劈过的松树，正是自家宅门的标志。胜四郎大喜，立即大步走上前去，发现屋舍旧貌不改，与自己离去时无多大分别。门缝中透出依稀灯火，似乎尚有人住。"是谁？是他人还是宫木住在里面呢？难道吾妻侥幸尚存？"胜四郎心中怦怦乱跳，靠近门前轻轻咳了一声。屋里立刻应道："谁呀？"话音虽苍老，却千真万确是宫木的声音。胜四郎的心跳得愈发厉害，怀疑自己是置身梦中，赶忙答道："是我啊！是胜四郎回来了。真没想到你孤身一人还能住在这荒废破败之地，太出人意

① 宽正，日本年号之一，时在1460年到1467年。宽正二年即公元1461年。

料了。”宫木听到是夫君的声音，立即拉开屋门。胜四郎见她蓬头垢面，眼窝凹陷，头发乱糟糟地散披在背后，仿佛变了一个人。她默默地望着夫君，涕下沾襟，呜咽不语。

胜四郎心头难过，也默然无言，过了好一阵才道：“若知你尚存人世，我绝不会在外耽搁这么多年。那一年在京都听说镰仓兵变，御所战败，退到下总，管领率军追击甚急。次日我就告别雀部，于八月初离京归乡。孰料走到木曾路时，遭山贼拦路，衣裳财物尽被洗劫，单只保得一条性命。后来又听道路传闻，东海道、东山道新设多处关卡，驻有军兵，难以通行。京里又派了节刀使①与上杉合兵，攻打总州。据说故乡一带兵灾火劫，乱军铁蹄四处践踏。我想你即使不死于战火，也极有可能投海自尽了。因此断了回乡的念头，折返京都，寄人篱下，苦挨了七年光阴。近来思乡情切，默想就算与你永无会面之期，但回乡凭吊亡魂，也可略得宽慰，于是就动身回返家园。万没料到你竟然还活着，当真恍若巫山之云、汉宫之幻，令我仿佛置身梦境。”四郎滔滔不绝，将别来遭遇一一倾诉。

宫木拭泪道：“自那年别离之后，尚未至深秋约归之期，便已战乱四起。乡里人或入海，或进山，尽皆弃家奔逃。偶有留住村里的，居心险恶，见我孤身，屡以花言巧语挑逗，欲行狎亵之事。我坚忍苦守，宁为玉碎，不为瓦全，几次险中得脱，保全了贞洁。然而银河星转，等到暮秋，不见夫君归来。腊尽春至，你依然音信全无。我几次欲进京寻你，可是沿途关卡阻拦，须眉男子都无

---

① 节刀使：日本奈良时代至平安时代，大将出征时由天皇授予节刀，称“节刀使”。节即“符节”，如牦牛之尾，是国君给予的凭证。待任务完成后，再将节刀奉还天皇。

胜四郎神志恍惚，疑心有狐魅作祟。眼前的荒宅，明明是自家故地。宽敞的里屋和屋后的谷仓，全系自己一手规建，昨夜还历历在目，怎么忽然就破败不堪了？胜四郎呆立当场，茫然不知所措。他反复思忖，终于慢慢醒悟过来：妻子极有可能早已辞世，这座荒宅成了狐精鬼怪盘踞之地。

法通行，更何况我这区区女流？无奈之下，唯有眼望屋前松树，与狐狸、猫头鹰为伴，苟活至今。今夜竟能重逢，苦尽甘来，离恨俱消，真是令人开怀。诚如古歌所云：‘相思未遇身先殁，此恨绵绵君不知。’”言罢，涕泗交流。胜四郎柔声安慰道：“良宵苦短，咱们先歇息吧！”夫妻二人乃同榻共枕，相拥而眠。

冷风吹打着残破的窗纸，飒飒作响。夜间虽然寒气迫人，但胜四郎长途跋涉，倦乏已极，酣睡入梦。一觉睡到五更天明，胜四郎蒙眬中微觉凉意，伸手扯被，触手处不知何物，竟发出沙沙的响声，登时清醒过来。只觉得脸颊上一片冰凉，起先以为是屋顶漏雨，抬头细看，却原来屋顶已被大风掀去，一轮残月斜挂于微明的天空；屋门也已不翼而飞，从朽烂坍塌的地板缝里，长出高高的野草。草上滴落的露珠，润湿了胜四郎的衣袖。墙壁上爬满了藤蔓，庭院则为杂草所埋没。虽未入秋，但屋宅荒凉颓败之景，形同废墟。昨夜身畔共枕的妻子，此刻也踪影全无。

胜四郎神志恍惚，疑心有狐魅作祟。眼前的荒宅，明明是自家故地。宽敞的里屋和屋后的谷仓，全系自己一手规建，昨夜还历历在目，怎么忽然就破败不堪了？胜四郎呆立当场，茫然不知所措。他反复思忖，终于慢慢醒悟过来：妻子极有可能早已辞世，这座荒宅成了狐精鬼怪盘踞之地。昨夜或许是狐精变作妻子相貌，又或者是妻子的亡魂思夫心切，由阴间暂时还魂叙旧。一切都跟自己在异乡时所料一样，妻子已亡故了。想到此处，胜四郎欲哭无泪，唏嘘万分。

家破妻亡的胜四郎，独自在荒宅里踱步四顾，忽然瞧见旧日卧室内的地板已被揭开，就地堆起一座坟丘。坟丘上安置了挡板，用来遮拦雨水。昨宵的亡灵就是从这里面钻出来的吗？胜四郎又惧又慰。但见坟前盛水的器皿中，插着一块削为塔形的木牌，上边贴着一张褪色的那须野纸①，字迹虽剥落难识，仔细辨认，却可以肯定是宫木所书。上面既无戒名②，亦无身故年月，只有一首短歌表达了妻子临终时的哀哀情痛：

无望苦相盼，归来未有期；

一日盼一日，盼到绝命时。

胜四郎至此终于确信妻子已不在人世，他伏地号啕，心碎欲绝。可怜妻子究竟死于哪年哪月都无从知晓，实在令人遗憾。转念又想，或许村中会有人知情，于是含悲止泪，出门探问。此时朝阳高升，天已大明。

他先寻到最近的邻家，主人却非旧识，反问胜四郎道："你是何人？打哪里来？"胜四郎深施一礼，答道："我乃隔壁屋主，七年前赴京经商，昨夜方归。见屋倒蒿生，妻子身故，唯余坟茔一座。可惜坟上并未标明亡殁年月，使我更添伤感。尊下如若知晓，万望见告。"

邻居道："你的遭遇听来确实可怜，但我搬到这儿仅仅一年，来时隔邻已是空屋，恐怕尊夫人此前即已过世。所以我对她的情况一无所知。村里人在战祸初起时就几乎逃光了，眼下居于此地者，大多由外乡迁来。只有一位老翁是本地土人，久住未迁，还时常到那荒宅去，祭奠亡者。想来他也许知道尊夫人亡故的确切

---

① 那须野纸是栃木县那须野所产的和纸，用来贴在木牌上作坟标。

② 戒名，又称法名。旧时日本人死后，都要取一个戒名刻在墓碑上。能否得到堂皇出色的戒名，成为衡量一个人社会地位的标准。

日期。”胜四郎忙问道：“那位老翁现居何处?”主人答道：“离这儿大约百步远的海边，有一片麻田，老翁就住在田头的茅屋里。”

胜四郎立即飞步向麻田奔去。果然见到一位七旬老翁，佝偻着坐在院中灶台前的蒲团上饮茶。老翁一见胜四郎，就厉声责备道：“你为何回来得如此之迟?”胜四郎定睛细看，认得老翁是自己的旧相识，名叫漆间。

胜四郎上前作揖问安，而后从头至尾，将自己赴京经商，迫不得已滞留异乡，以及昨宵所遇奇事详述一遍。说到伤心处，泪流满面。最后他向老翁再三致谢，感激他为亡妻修坟祭吊之恩。

老翁道：“自你那年走后，刚到夏天，便干戈骤起。村里人四处逃亡，后生都被抓去当兵，良田荒芜，尽成狐兔栖身之所。汝妻宫木坚贞刚烈，不忘夫君秋归之诺，不肯弃家而去。老朽也因腿脚不便，无法远行，只好躲在家中。没过多久，这一带就成了鬼魅妖精出没之地。宫木年纪轻轻，竟能大胆留守，老朽阅世数十年，也罕闻罕见。就这样秋去春来，次年八月初十，宫木苦候无望，终于一瞑不视。我心中悲恸，亲手将她尸身收殓，筑坟安葬，并将她临终所写短歌贴于木牌上，权充墓志。又设盛水洁器，依时祭扫，略表寸心。老朽不通文墨，未能书下她过世日期；又因寺院离此甚远，戒名无从求取，如今算来也有五年了。适才听你所言，必是烈妇之魂归来，倾诉旧恨离愁。咱们应该立刻去她坟前，衷心祭吊才是。”说完拄杖先行。二人来到宫木坟茔前，跪地痛哭。当晚又诵经不停，祈祷冥福，直至天明。

其夜难寐，老翁对胜四郎道：“在老朽的高祖父都尚未出生的遥远年代，咱们乡有位名叫真间手儿奈的少女，貌美家贫，虽然每日里麻衣陋服，青丝无暇理，素足无鞋穿，却面如满月、笑靥如花，远胜过京里那些绫罗满身的大家闺秀。乡里的后生自不必说，就连京中武士、邻国贵人都心怀恋慕，屡屡向她求亲。手儿奈一身受无数人羡爱，许此彼不可，许彼此又非，不胜苦恼。她深恐伤了众多男子的心，便投海自尽，一死以谢有情人①。这个故事忧伤悱恻，被吟成和歌传唱至今。老朽年幼时，就听母亲讲过。彼时虽懵懂无知，却也被手儿奈的纯情深深感动。如今宫木之悲情哀婉，相较手儿奈有过之而无不及啊！”老翁说着连声唏嘘，泪下如雨。胜四郎更是泣不成声，遂吟咏一首质朴短歌，以抒发心中凄楚哀痛。歌云：

古人痴恋手儿奈，吾心思慕贞烈妻。

此歌虽不能充分表达胜四郎思妻之情感，但情真意切，较那用词雅致的诗歌更能打动人心。因此在往来于下总国的商人中流布甚广，迄今尚在传诵。

---

① 该故事《万叶集》中有载，略云：“葛饰真间女，艳名传四方……迎面婷婷立，众多凤求凰……人生有几何？绝尘一命亡。”

［肆］

梦应之鲤[1]

① 本篇改编自冯梦龙作品《醒世恒言·卷二十六·薛录事鱼服证仙》。所谓梦应，乃梦之感应、预感的简称。通常指做梦者梦见某人某事，后事与梦符，果然应验。

延长年间[①]，古刹三井寺内住着一位高僧兴义法师。兴义是位丹青妙手，声名遐迩。但他平素却不绘神佛、山水、花鸟等画，而是于寺务闲暇时，泛舟琵琶湖[②]上，用钱从撒网垂钓的渔夫手里购得捕获的活鱼，而后放归湖中，再细细观察群鱼嬉戏游荡之态，揣摩描摹。年深日久，兴义法师的鱼画，栩栩传神，渐臻于化境。

某日，兴义正凝神构思，不觉间倦意上涌，酣然入梦。他梦见自已化身为鲤鱼，与鱼儿一起在水中悠游，十分快活。醒来后，梦中景象仍然历历在目，他立刻挥毫泼墨，将梦里所见画了下来。这幅画，被他挂在自已禅房的墙壁上，题名为《梦应之鲤》。

此事传开后，慕其所绘神妙的索画者纷至沓来。但兴义只赠些花鸟山水画给他们，至于鲤鱼图，无论出多高的价钱，都坚不予人。他常戏言道："鱼画亦有生命，岂可卖给那些杀生食鱼的凡俗之人！"他的《梦应之鲤》和这句笑谈，天下闻名，受到了世人的高度赞赏。

有一年，兴义忽生大病，堪堪过了七天，竟闭目气绝，看上去仿佛死了一般。弟子、友人闻讯赶来，无不悲伤嗟叹。然而一名弟子抚其胸部，却发觉尚有微暖。大家便抱着一线希望，围在法师的"尸体"旁加意守护。

三日后，兴义手足渐动，倏尔长吁一声，睁开双眼，醒转过来。他翻身坐起，问道："我失去知觉有多久了？"

众弟子答道："师父不省人事已逾三日。阖寺僧侣以及您的生

---

① 延长，日本第60代天皇醍醐天皇的年号，时在公元923年至930年。
② 琵琶湖位于滋贺县境内，是日本最大的淡水湖，四面环山，景色绝佳，与富士山一样被视为日本的象征。

兴义道：『那渔夫文四将一条长约三尺的鲤鱼装入鱼篓，送至尊府。你跟令弟十郎正在南面屋中下围棋，扫守在旁边一面啃着桃子，一面观战。当时你见渔夫提来大鱼，十分高兴，便从高脚漆盘里挑了几个桃子送给渔夫，还请他喝了三杯酒。然后，叫来个厨子，吩咐他把鱼拿去切成薄片……所有这一切，老衲没说错吧？』

平好友，本打算为您料理后事，却发觉师父佛体并未完全冰冷，故决定暂缓入葬，每日在此守护。如今您果然起死回生，我们都欢喜得很。幸亏不曾入棺。”兴义颔首道：“汝等速遣一人，往施主平之助府上，通告老衲苏醒一事。平之助此刻定然在大张宴席，饮酒脍鱼。可请他暂罢酒宴，立刻到寺里来，我有一件令人称奇的异事，要讲给他听。到他家后，留心细察席间情形，当知一切如我所言。”

传话之人心中疑惑，随即动身，依命赶到平之助家里。果然见到平之助和他的弟弟十郎，还有一个门客扫守，正围坐宴饮，情形与法师所言完全一致。传话之人大为讶异，连忙将兴义法师的话转述给平之助三人。三人闻言，也觉蹊跷，立即放下杯箸，赶到了寺里。

兴义法师扶枕坐起，迎接他们。平之助对兴义死而复生致以贺意，兴义开口问道：“施主，你今日有否向渔夫文四买过鲜鱼？”平之助惊道：“有。大师怎会知晓？”兴义道：“那渔夫文四将一条长约三尺的鲤鱼装入鱼篓，送至尊府。你跟令弟十郎正在南面屋中下围棋，扫守在旁边一面啃着桃子，一面观战。当时你见渔夫提来大鱼，十分高兴，便从高脚漆盘里挑了几个桃子送给渔夫，还请他喝了三杯酒。然后，叫来个厨子，吩咐他把鱼拿去切成薄片……所有这一切，老衲没说错吧？”平之助等人瞠目结舌，惊疑万分，深感不可思议，不住地询问个中原委。兴义道：“好吧，该讲讲我的故事了。”接着说出如下这番话：

“老衲此番卧病，苦痛不堪，并不知己身已然断气。只感到浑身闷热难耐，想要出去走走，找个清凉所在透透气。于是拄着拐杖踱出寺门，顿觉眼前豁然开朗，病痛全消，好似笼鸟重返云天，精神为之一振。我心情愉悦，也不问山野村庄，信步行去，不觉来到琵琶湖边。周览方圆，但见湖水清澈澄碧、潋滟潋滟，禁不住想下水一游，乃除衣宽带，跳入湖中。我自小就是个旱鸭子，此刻却如鱼得水，游得甚是欢畅，如今回想，真是难以置信。

“然而人泅水中，终究不似鱼儿那般自在。一霎时间，我突然羡慕起鱼儿来。便在此时，一条非常大的鱼游到我面前，说道：‘大师心愿，实现起来轻而易举，请在此稍候。’说完，大鱼转身潜入湖底，杳然无踪。过得片时，那条鱼又从湖底游回来，背上负着一个身穿华服、头戴冕冠的人，在无数鱼鳖水族的前呼后拥下，向我说道：‘河伯有诏，念在兴义僧平素放生，颇积功德，特赐金鲤衣一套。身穿此衣，即可暂时化为鲤鱼，享受水中诸般乐趣。但你须时刻小心谨慎，切勿贪食香饵，以免遭钓丧命。’说罢，那人又坐着大鱼，游得无影无踪。

“我低头看看自己，全身都已被包裹在金鲤衣中，鳞片有如黄金般熠熠闪耀，原来我已经变成了一条金鲤。从此以后，我想去哪儿，就摇尾振鳍游去哪儿，真是逍遥极了。

“我游啊游，乘着长等山①的风涛，游至志贺大湾，被水边沾湿衣襟的行人惊扰，慌忙回身，潜入湖水深处。白天，比良山倒映在碧绿的湖面上，分外旖旎；夜晚，坚田的渔火照射前方，如梦如幻。月色清莹，清辉照着镜山的山峦；水湾内港汊密布，冲津岛、竹生岛，以及映在波光中的神社红墙，都使我称羡赞叹。有些时候，我在水面打盹，伊吹山山风吹拂，旦妻的渡船驶出港

① 长等山，弘文天皇陵墓所在地，三井寺就坐落于长等山下。

湾，划桨声将我从芦苇间吵醒。矢桥摆渡者橹棹击水，令我险险避让；濑田川守桥人疾步追逐，使我忙忙闪躲。丽日晴天时，我游上水面；而风雨如晦时，我便一直向下，潜入千尺之下的湖底。

“如此随心所欲地畅游数日后，我腹中已十分饥饿，四处觅食，苦无所获。恰在此时，渔夫文四垂下钓钩，钩上挂着香喷喷的鱼饵。我闻到后垂涎不已，但想到河伯的警告，又谨记自己是佛门弟子，岂能吃那荤腥的鱼饵？便悻悻地游开了。

“但过了半晌，肚中饥饿愈甚，我转念又想：‘倏忽食饵，未必被捕；即令为文四所获，我俩是老朋友，他也不会伤害于我。’如此一想，警惕全失，实在抵御不住诱惑，索性再度游回钓钩下，一口气将鱼饵吞进了嘴里。

“顷刻间，文四迅速提竿，将我牢牢抓住。我朝着他疾呼：‘你要干什么？放开我！’但文四置若罔闻，用草绳穿过我的鳃帮，在芦苇丛中系好船，把我抛在鱼篓里，送到了尊府。

“鱼篓掀开后，我看到你跟十郎正在南面屋中下棋，扫守边吃桃子边观战。见文四送来一条大鲤鱼，你们相当高兴。我那时高声大喊：‘各位，不认得我了吗？我是兴义法师！赶快放开我，将我送回寺中。’但你们似乎全未听见，只顾着拍手叫好。不一会儿，一个厨子把我扔到一块砧板上，用左手摁着我的双眼，右手举刀便斩。我难受极了，大声惊叫，对着他喊道：‘你怎么能这么残忍地杀我呢？我是一个佛家弟子呀！救命！救命啊！’但那厨子毫不理会，依然挥刀斩落。就在即将受戮的一刹那，我猛然从梦中醒了过来。”

众人听罢兴义法师的奇遇，皆惊异不已。平之助道：“据大师所言回想，我等见到那条鲤鱼时，鱼嘴确曾不停翕动，却听不到任何声音。若非亲眼得见，绝难相信有如此离奇之事。”于是急命仆人赶回家中，将所剩鱼脍尽数倒入湖中。

兴义法师的病很快就康复了。此后，他又活了很久，以高龄寿终。圆寂前，他将所画全部鲤鱼图尽数投入湖中，画里的鱼儿竟然脱离绢纸游出，悠然自得地在湖里畅游。因此，兴义法师的鲤鱼图未能留传后世。其弟子成光继承了师父绝技，亦颇有声名。他在闲院御殿的屏风上绘有鸡图，活鸡见之屡屡扑蹴。此事古代《物语集》中有载。

[伍]

佛法僧

昔时，浦安国[1]承平安宁，国人安居乐业之余，春来花下休憩，秋至玩赏枫林；或乘船遨游筑紫，或流连于富士山、筑波山的美景，好不逍遥快活。

在伊势国相可乡，有位名叫拜志的人，并未遭受什么灾厄，刚到壮年却自行剃度出家，把家业让给儿子打理，自己则改号梦然。梦然一向身体康健，喜欢四处游山玩水，颐养天年。他的幼子作之治生性鲁钝，不通世故，梦然决定带他去京都，见见世面。他们先在京都二条城的别墅逗留了一月有余，三月底来到吉野山观赏樱花，在旧熟寺院中住了七日。随后又想顺道游览一下从未去过的高野山。于是父子俩在初夏绿叶葱茏时节，穿越天川，向高野山的摩尼山峰顶攀去。那山路艰险崎岖，一路耗费了颇多时间，等登上山顶时，不觉已是夕照黄昏。他们拜谒完坛场、诸堂、灵庙后，见天色已晚，便打算在山上借宿一夜。但寺中僧人却婉言拒绝了。他们向过路者打听，才知寺中从不留宿无关之人，外地游客要到山下过夜。

这可怎生是好？即使身子骨还算硬朗，但梦然毕竟年事已高，再加上一路登攀险径，早已精疲力竭，闻听山寺不能歇宿，顿感疲惫神倦，委顿不堪。作之治道：“日暮足痛，下山的路是走不动了。我年轻体健，在草地上露宿一宿并无大碍。只怕父亲大人染上风寒，那就糟了。”梦然道：“旅途中碰到些意外的状况，倒也别具一番趣味。此刻就算忍痛下山，山下亦非故乡，未必便能安睡。况且明日路途如何，也难预料。此山乃扶桑第一灵场，弘法

---

① “浦安国”是日本古时的别称。《日本书纪》载：“昔伊奘诺尊目此国曰：‘日本者，浦安国！’”

大师[1]功德无量，你我本意就是专程来此为来生祈福，今晚正好在大师灵庙前彻夜诵经，亦是平生幸事。”说罢，两人在夜色中沿着山林小道，寻到灵庙前的灯笼堂，踏上廊檐下的地板，将雨具铺在木板上，坐下来静心诵经。

暗夜沉沉，万籁无声。灵庙周围方圆五十町，平整开阔，不仅林木景观俱无，连小石子也被扫得干干净净，不愧为佛门清净之地。由于灵庙距离寺院较远，故而亦不闻陀罗尼铃锡之音[2]。空山寂寂，远处大树参天，甬路两侧流水潺潺。梦然辗转难眠，便向作之治说道：“弘法大师教化深远，土石草木无不沾染其灵气。迄今八百余年，其法愈灵，备受尊崇。虽然大师的功德遗迹国中有多处，此山却是天下第一道场。他生前曾远渡唐土留学，某日，心有所悟，祷道：‘此三钴[3]落地之处，即吾弘法之灵地。’说完将三钴向天空掷去，结果三钴落于此山。据说坛场前的三钴松，就是三钴落下的地方。所以此山的草木泉石，尽皆带有灵气。今晚我们有幸借宿于此，实乃前世修得的善缘。你年纪尚轻，虔诚之心不可稍怠。”梦然虽是低声细语，但句句真切入耳，作之治点头称是。

忽然，庙后的树林中，传来“佛法僧、佛法僧”的鸟啼声，回荡山谷，萦绕不绝，好似就在侧近鸣叫一般。梦然一惊而醒，

---

① 弘法大师（774～835），法名空海，日本佛教高僧。于延历二十三年（804）入唐，师事惠果学习密宗真谛；大同元年（806）携带佛典经书、法物等归国。弘仁七年（816），在高野山创立真言宗。

② “陀罗尼”原意为总持、能持，后世则多指长咒，这里指代念佛声。“铃锡”指佛铃和锡杖，借指寺院唱诵声。

③ 三钴是金刚杵的一种。金刚杵原为古印度武器，质地坚固，能击破各种物质。在佛教中，它象征摧灭烦恼之菩提心，分独钴、三钴、五钴、九钴、杂钴、璎珞金刚杵等。三钴表示“身、口、意”三密平等。

暗忖道："这定然是三宝鸟①的叫声。听说此鸟栖于高野山中，从来不曾有人得闻其声。今夜竟能亲耳听闻，真是灭罪生善的吉兆啊！想那三宝鸟只择清静之地栖身，如上野国的迦叶山、下野国的二荒山、山城国的醍醐峰，以及河内国的杵长山等，而尤其喜欢栖息此山。弘法大师有一首著名的诗偈，曾有提及：

寒林独坐草堂晓，
三宝之声闻一鸟。
一鸟有声人有心，
性心云水俱了了。

又有古歌云：

松尾静谧曙色开，仰听鸟鸣佛法僧。

从前最福寺延朗法师，精通《法华经》，古今无人可比。松尾神社的主神命三宝鸟常在延朗身边侍奉，于是此鸟便在神社里筑巢栖居。今夜何其幸运，竟能听到'一鸟有声'，可惜我修为尚浅，无法达到'人有心'的境界。"

梦然沉吟片刻，想起平日里喜咏十七字俳句，便顺口咏道：

真言宗圣地，神秘清幽林茂密，佛鸟啼山中。

---

① 此处日文原文为"佛法僧"。"佛法僧"原指佛教三宝，故此鸟被叫作"三宝鸟"。三宝鸟是一种广泛分布于亚太地区的阔嘴鸟，其鸣叫声与"佛法僧"相似，故俗名"佛法僧"。

忽见一个前驱开路的年轻武士，大踏步向前走来，板桥被他踩得『嘎咔』作响。父子二人惊惧恐慌，正要躲到灯笼堂的右边去，武士早已发觉，厉声喝道：『何人在此？主公驾到，还不速速跪迎！』二人急忙走下廊檐，俯伏于地。

咏罢取出笔砚，借着堂前灯光，将俳句记下。他侧耳倾听，希望三宝鸟能再鸣一声，不料竟从远处寺院的方向，传来阵阵吆喝开道声，渐趋渐近。

“深夜之际，什么人还上山拜谒呢?”父子俩面面相觑，凝神屏息，注视着传来喝道声的方向。

忽见一个前驱开路的年轻武士，大踏步向前走来，板桥被他踩得“嘎咔”作响。父子二人惊惧恐慌，正要躲到灯笼堂的右边去，武士早已发觉，厉声喝道：“何人在此? 主公驾到，还不速速跪迎!”二人急忙走下廊檐，俯伏于地。少顷，足音杂乱中，一位贵人履声响亮，头戴立乌帽子，身穿直衣，步入堂中坐定。四五个随行武士列坐左右。

只听那贵人向众武士问道：“他们怎么还未来?”武士回道：“即刻便至。”接着又是一阵脚步声响起，一个威仪堂堂的武士和一个剃度的出家人，向贵人恭敬施礼后，也登堂入座。贵人问刚来的武士道：“常陆介何故来迟?”武士欠身答道：“听说白江、熊谷二位心意诚恳，准备了美酒佳酿要献给主公，在下也烹制了一味鲜鱼敬献，所以来迟。”说着立即将鱼肴奉上。贵人吩咐道：“万作，斟酒。”一个相貌俊秀的年轻武士领命，手执酒瓶，膝行进前，为座上诸人逐一斟满酒。众人推杯换盏、觥筹交错中陶然得趣。贵人又道：“与绍巴①颇长时间未倾谈了，速唤他前来。”侍从们依次向后传令，须臾，诏令传到梦然身后，站起一位身形魁梧的法师，方脸端鼻、相貌清俊。他整整僧袍，走到末席落座。贵人问以诗文、

① 里村绍巴（1524～1602），日本战国时代著名连歌师，号称“连歌界第一人”。本能寺之变后，在丰臣秀吉的授意下，他成为关白丰臣秀次的辅佐人。1595 年秀次被迫自杀后，绍巴遭到禁闭。

故事、掌故等，法师应答如流，贵人甚为满意，传令厚赏。

一名武士乘隙问法师道：“据闻高野山乃弘法大师所开，是以土石草木悉有灵气。但为何单单这玉川之水有毒，饮者立时毙命呢？弘法大师曾作歌咏此事曰：

高野深山玉川水，

旅人至此莫掬饮。

他既明知水里有毒，为何不使毒水涸竭呢？着实令人费解，还请法师赐教。”

绍巴笑道：“此歌编入《风雅集》中，其前言里提到：‘在通往高野山深处寺院的途中，有条河叫玉川，其上游毒虫甚多，小心勿饮此河之水。作歌一首以诫游人。’此说诚如阁下所述。但是，弘法大师神通广大，能令无形之神开山铺道、凿岩掘土，易如反掌。他封印大蛇、驯服怪鸟，诸般功德深受天下苍生敬仰。推论起来，我猜测此歌并非弘法大师所作。本来，河流以‘玉川’命名者，各处多有。无论哪首咏河之歌，只要水流清澈，皆可颂为‘玉川’，岂独高野山玉川有毒？揣摩弘法大师的本意，应是说拜山者为此清流吸引，情不自禁地掬水而饮。后世之人牵强附会，胡言有毒，甚至伪造出这段前言。尤其值得深究的是，此歌韵调并非大师在世时的平安初期歌风。古语中凡玉鬘、玉帘、玉衣等，皆是赞赏水形之语；玉水、玉井、玉河等，乃是称颂水之清洌澄澈，焉有将毒流冠以‘玉’字的呢？盲崇佛法之辈，不明歌中真意，以讹传讹。阁下并非歌人，却能提出这些疑问，足见造诣匪浅。”贵人与其他在座者，听了法师的诠释，无不点头悦服，钦佩不已。

这时，灯笼堂后又传来“佛法僧、佛法僧”的鸣叫声，由远及近。贵人举杯在手，道：“未闻三宝鸟鸣久矣，此鸣声颇为今番夜宴生辉。绍巴，且咏一歌助兴，如何？”绍巴恭敬答道：“吾之短歌，恐怕主公早已听厌。这里有位守夜诵经的旅人，咏了一首当代风的俳句，主公定会有新鲜感，不妨召来听听。”贵人便吩咐道：“传那旅人上来。”一名年轻武士走到梦然跟前，道：“主公宣你，快些上前去。”梦然如在梦中，胆战心惊地爬到席前。

绍巴对梦然道：“将你适才所咏俳句，再念给主公听听吧。”梦然惊慌道：“适才……适才念过什么，小人一点儿也记不起来了，还望大人宽恕！”绍巴复言道：“你不是咏过‘佛鸟啼山中’吗？主公要听，赶快咏来！”梦然愈发畏惧，战战兢兢道：“敢问究竟是哪位主公？为何夜宴深山呢？小人实在是疑惑。”绍巴答道：“我家主公，乃关白秀次公①。其他在座者是木村常陆介、雀部淡路、白江备后、熊谷大膳、粟野杢、日比野下野、山口少云、丸毛不心、隆西入道、山本主殿、山田三十郎、不破万作等。跟你说话的，是我绍巴法桥②。你今夜有幸得逢我家主公，可谓莫大荣耀。速将适才的俳句，再度念来。”

梦然闻言，吓得毛骨悚然、魂飞魄散，若不是早已剃度，此刻定然毛发倒竖。他抖抖索索地从行囊中掏出白纸，颤抖着将俳句写了出来，呈递上去。山本主殿接过，朗声念道：

---

① 丰臣秀次（1568～1595），太阁丰臣秀吉的养子。1591年，年老的秀吉指定秀次为继承人，让他担任关白一职。但在1593年，秀吉意外得子，因此决心将继承权转给亲子丰臣秀赖。1595年，秀吉以秀次有谋反嫌疑，将他流放到高野山，并命他切腹自杀。

② 法桥：佛教谓佛法如桥梁，能普度众生。这里指的是一种日本僧位——法桥上人位。

真言宗圣地，神秘清幽林茂密，佛鸟啼山中。

秀次公听了，击节赞道："咏得甚妙，谁来联下句？"

山田三十郎移座向前，道："微臣来联下句。"略略思索片刻，写道：

夏夜短易逝，佛前祷告焚芥子，通明天将白。

写完递给绍巴，道："请您指教。"绍巴转呈秀次公，道："联句颇佳。"秀次公看了看，开颜道："确实不错。"众人添酒传盏，举杯痛饮。

突然间，雀部淡路脸色骤变，禀道："去修罗道之时已至，众阿修罗即将来迎，我等该动身了。"在座者顷刻间全都面色赤红，气汹汹站起身来，大叫大嚷道："今夜要让石田、增田等辈①，尝尝咱们的厉害！"

秀次公对木村道："这两个俗人已然觑见了我等真面目，索性带他们到修罗道去吧。"众臣僚忙齐声阻道："他二人阳寿未尽，主公不可再犯前愆，胡乱杀生。"言罢，众人渐渐消失于空气中，缥缈不见。

梦然父子目瞪口呆，被吓得昏厥过去。不久，天光破晓，冷露洒在他们脸上，才慢慢缓过气来。此际正当黎明，天色尚未全亮，父子俩余悸未消，唯有口中不断称诵弘法大师的法号，求其

---

① 石田、增田：即石田三成、增田长盛。此二人皆丰臣秀吉属下得力干将，五奉行之一。他们奉秀吉之命，参与了逼迫秀次自杀的"策谋事件"。

庇佑。终于，旭日东升，金光万道，他们赶忙下山回京。到家后针灸服药，调养了好一段日子。

后来某日，梦然路过三条桥，忽然想起秀次的恶逆之墓，便向寺院方向眺望，虽在白昼，犹感背脊阴森泛寒。他把这一奇遇告诉给京里人，今如实录之。

［陆］

吉备津之釜

“妒妇难养，老后方知其功。”① 这句话不知是何人所说。妒妇之害，轻者家无宁日，毁损器物，受邻人嘲讽；重者家破国亡，贻笑天下。从古至今，受妒妇荼毒者，不计其数。据说某些妒妇死后还会变身为蟒，或化作霹雳戕害所妒之人。似此等妒妇，就算将其千刀万剐，斩为肉糜，亦难解愤恨之万一。所幸世间妒妇毕竟少见，为人夫者，如能端正言行，养性修身，以良好榜样对妻子常施教诲，则妒妇之祸自可避免。但若持身不正，放浪轻狂，引来妒妇恶言恶行，则是自取其祸矣！常言道：“制禽兽赖以气势，制妒妇则在丈夫之雄也。”斯言不谬！

且说吉备国贺夜郡庭妹乡，有个名叫井泽庄太夫的富农。其祖父曾在播磨国赤松家任事。嘉吉元年②，战祸横起，遂离开赤松家，来到此地定居。至庄太夫这一辈，已历三代，春耕秋收，日子过得甚为丰足。

庄太夫膝下仅有一个独子正太郎，却是纨绔子弟，不务农耕、贪杯好色，将父亲劝诫全当成耳边风。庄太夫夫妇深以为忧，便张罗着为儿子娶一位贤妻淑妇，希望借此帮他改掉不端的行为。于是四处物色合适的女子。恰好有个媒人上门，言道：“吉备津神社的神主香央造酒，生有一女，品行端庄、容颜姣好，侍奉双亲至孝，兼且雅擅古筝、吟咏，真是万里挑一的好女子。她家又是吉备名门鸭别命的后裔，门第上流。你们两家若能结为姻亲，堪称美事一桩。老身极愿从中撮合，不知二位意下如何？”庄太夫闻

① 语出中国明朝谢肇淛的《五杂俎·卷八·人部四》：人有为妒妇解嘲者曰：“士君子情欲无节，得一严妇约束之，亦动心忍性之一端也。故谚有曰：‘到老方知妒妇功。’”

② 嘉吉，日本年号之一，时在 1441 年至 1443 年。在位天皇为后花园天皇。

言大喜，道：“这的确是门好亲事，若能缔结良缘，实是我家的福分。只是那香央乃本地望族，我们却是籍籍无名的田户，门不当户不对，恐怕对方未必应允。”做媒的老翁笑道：“您老过谦了，我一定尽力撮合这段佳缘。”随即前往香央家说媒。香央也颇为乐意，与妻子商量。其妻欣悦道：“女儿待字闺中，年已十七，朝夕期盼得偕鸳盟。这回好了，就让他们选个吉日，送聘礼来迎亲吧。”婚约就此许下，媒人忙向井泽家报喜。数日后，庄太夫备了份丰厚的聘礼送到香央家，两家人定好黄道吉日，准备成亲。

按照往例，凡遇婚娶红事，均须在神社举行“鸣釜神事”，祈神祷告，以占卜姻缘吉凶。先由神官在神台前摆上供品，把釜里的水烧得翻滚沸腾。而后召来巫女，诵读祭文。若是吉兆，则釜中的滚水会发出牛叫的哞哞声；如果釜中寂静无声，则其兆大凶。此即自古相传的“吉备津御釜祓”。

可是，此次香央家的釜祓，开水沸腾后，釜内竟闷声不响，连秋虫唧唧那样微弱的声音都没有。香央疑虑重重、惶惑不安，将凶兆告知妻子。妻子却不以为意，道：“神釜不出声，恐是神官等人的身子清洁不净所致。姻缘天注定，既已收过人家的聘礼，就是月老的红线牵了，即使双方是仇家，或远隔异域，也万难更改。再说井泽家乃武士之后，门风严谨，岂容随意悔婚？况且女儿听说夫君俊朗，早已芳心暗许，每天扳指计算出嫁的日子哩。若是退婚，她知道了定然不依，到时闹出意外来，怕要追悔莫及了。”这番言语虽是妇人之见，但香央本就认为这门亲事求之难得，又听了妻子的劝说，便放下犹疑，备好妆奁嫁礼。到合卺那日，两家亲友族人齐来祝贺，说着“鹤千岁、龟万代”的祝福话语，祝愿新人白头偕老、百年好合。

香央之女矶良入门后，每日早起晚睡，侍奉公婆细致周到，对夫君更是温柔体贴，百依百顺。井泽夫妇得此孝顺佳媳，十分欣慰喜悦。正太郎新婚燕尔，也甚爱妻子秀外慧中，夫妻俩起初相敬如宾，倒也和睦甜蜜。

然而正太郎却是天生薄情孟浪之徒，好色本性终究难改。不知何时起，竟姘上了鞆津一个叫阿袖的妓女，还帮她赎了身，在邻村置了处外宅，日夜流连不归。矶良心中怨怒，常假托公婆气恼为由，劝谏夫君；或直接表达不满，苦苦哀求夫君回心转意。正太郎一律置若罔闻，听得烦了，索性搬到外宅去，月余不回。井泽夫妇怜惜矶良，找回正太郎严词责备，不许他离开家门半步。矶良反而心软，早晚愈发殷勤侍候正太郎，暗中还接济衣物给阿袖。

某日，趁父亲不在家中，正太郎哄骗矶良道："你如此贤惠，令我对过去的行为深感懊悔。我想先将那个女子送回故乡，再请父亲饶恕我的过错。但那女子双亲早逝，老家又远在播磨国印南野，在这里举目无亲，如被我抛弃，恐怕会重堕港口的烟花之地，再为娼妓。听说京都人温和宽厚，我想让她进京，找个家境殷实的好人家，做婢做妾都行。可是眼下我坐困家中，身上分文全无，她一路上所需的盘缠衣物根本无从筹办，所以求你伸出援手，帮帮她。"矶良听他言辞诚恳，以为是肺腑之言，开怀道："夫君放心，此事就交由我代办吧！"于是私底下将自己的衣物首饰尽数变卖，又找借口从娘家拿了一笔钱，好不容易凑齐了所需钱款，悉数给了正太郎。正太郎钱到手后，悄然离家，带着阿袖远走高飞，打算一起私奔去京都。

矶良见正太郎逃走，方知自己被夫君骗了，又恨又悔，日日嗟叹，终于忧郁成疾，卧床不起。井泽与香央两家人，都怨恨正太郎，怜惜矶良，想方设法为她延医治病。怎奈药石无灵，矶良病体日沉，竟至水米不进，眼瞅着是不行了。

再说正太郎带着阿袖，先来到播磨国印南野一个叫荒井里的小村子，投靠阿袖的堂弟彦六。彦六慷慨地收留了这对野鸳鸯，并对正太郎说道："你们在京里人地两生，无依无靠，不如就安心在我这里落脚，大家有饭吃饭、有粥喝粥，日子总能过得下去。"正太郎见彦六诚恳挽留，便同意留居此地。彦六十分高兴，找邻居借了一间破屋安顿他们。

孰料数日后，阿袖偶感风寒，先是病倒在床，接着病情日益严重，竟变得疯疯癫癫，恍若鬼魅附体，又哭又叫。初来乍到就横生不测，正太郎沮丧不已。尽管他废寝忘食、朝夕小心伺候，但阿袖时疯时醒，忽而大放哀声，忽而又清醒如平时。正太郎暗忖："这莫非是生灵作祟？难道被我抛弃在故乡的矶良有什么三长两短么？"这般想着，却不敢将此事告诉阿袖，只好向彦六倾吐苦衷。彦六安慰道："世间绝无鬼怪之事，我见过不少得这种瘟病的人，只要一退烧，就会从噩梦中醒来，忘记患病时的一切痛苦。"正太郎听了，心下略感宽慰。可是阿袖的病却丝毫不见好转，到第七天上，终于魂归黄泉。正太郎痛不欲生，捶胸顿足，发疯般要跟着阿袖一块儿死去。彦六竭力劝解，请人将阿袖遗体抬到郊野火化，而后收拾骨灰，筑起坟茔；请来僧人，诵经超度。

正太郎不能相从阿袖于九泉，又无计招魂使其回生，不由得仰天长叹，欲回故乡，觉那路途遥远，更甚于黄泉赴死。当真是进退两难，不知所措。只好白日闭门昏睡，夜间去阿袖坟前探视。日复一日，孤坟生满杂草，秋虫唧唧哀鸣，寂寥秋景尽显凄凉，令正太郎触景伤情，悲不自胜。

某夜，正太郎正在对天长吁，忽见阿袖的坟茔旁又有新坟一座。一名女子哀容满面，在坟前献花、洒水，泪水涟涟。正太郎甚感奇怪，上前问道："瞧你青春少艾，缘何也会在深夜来此荒野祭坟？"女子回首道："奴婢每晚祭扫之际，必见尊驾先我一步而至，悲痛欲绝完全发自内心。可见坟中逝者定是尊驾至亲至爱之人。其中哀伤，奴婢感同身受。"说着潸然泪下。正太郎道："小娘子所言甚是，十日前拙荆不幸病故，剩下我形影相吊，苟活于世，只能夜夜到此上坟，以求些许安慰。想来你也与我一样吧？"女子道："奴婢祭拜的乃是我家主人。只因夫人新近丧夫，伤心之下得了重病，所以让奴婢代她来扫墓。"正太郎道："你家夫人哀伤成疾，也是情有可原。不知贵府去世的主人姓甚名谁？府邸何处？"女子答道："敝主人本是国中名门，因遭小人谗言诋毁，被褫夺了领地，谪居于穷乡僻壤。我家夫人貌若天仙，远近闻名，敝主人便是为了她的缘故，才失去领地的。"

正太郎听到"貌若大仙"四字，色心登起，道："尊夫人住处想必距此不远吧？既然同病相怜，我想去拜会一下她，互诉衷肠，纾解郁结。"女子道："从尊驾来的路上，往一条小巷里一拐，就是夫人居处。夫人寡居苦闷，尊驾若常去看看，她定会欢迎的。"言罢，当先引路，正太郎随后跟来。

约行二町①远，折入一条小道，再走一町路，现出一片阴森幽林，林中有间小小的草屋。草屋竹扉紧闭，初七的冷月清辉照着不大的院落，显得格外萧索。微弱的灯光自窗纸上透出，更添

① 町：日本的长度单位，1町约109.09米。

女主人猛地将屏风拉开，厉声道：『夫君，久违了。须知恶有恶报，你也有今天啊！』正太郎大惊失色，定睛一看，那女主人正是被自己抛弃在家乡的矶良。但见她面色煞白，双眼如欲喷出怒火，用一只干瘪枯槁的手指着自己。

荒寂之感。女子道：“请尊驾稍候。”说着走进屋里。正太郎站在长满青苔的古井旁，向屋里张望。从唐纸屏风的缝隙中，露出被风吹得忽明忽暗的灯火，黑色的柜子在闪烁的光影下显得十分精致。

片刻后，女子出屋道：“已向夫人禀明尊驾来访之意，夫人命我领您入屋，她已移坐于屏风后，准备与您交谈。请跟我来。”正太郎便随着女子绕过庭前花木，步进里屋。屋内有两间客室，拉门微敞。他们进入其中一间，只见室内立着一扇低矮的屏风，屏风下露出旧被褥的一角，女主人就在屏风后面。正太郎隔着屏风道：“听说夫人因丧夫之故，贵体欠安。在下最近也因爱妻病逝，郁郁寡欢。故而不揣冒昧前来造访，欲同夫人互诉衷肠，聊得慰藉。”女主人猛地将屏风拉开，厉声道：“夫君，久违了。须知恶有恶报，你也有今天啊！”正太郎大惊失色，定睛一看，那女主人正是被自己抛弃在家乡的矶良。但见她面色煞白，双眼如欲喷出怒火，用一只干瘪枯槁的手指着自己。正太郎恐惧不已，“啊哟”惨叫一声，昏倒在地。

少顷，正太郎慢慢苏醒过来，眯眼打量四周，惊讶地发现，方才那间小草屋，不过是野地里的一座三昧堂，堂里立着一座座漆黑的佛像。循着远方传来的阵阵犬吠声，正太郎匆匆忙忙地逃回了家中，一股脑儿向彦六细说了一遍所遭遇的怪事。彦六道：“此事实在蹊跷，你恐怕是遇上狐精了。听说人在惊慌失措时，六神无主，很容易被妖邪魇住。你身子虚弱又伤心过度，我看，应该去祈求神佛保佑，安定心神。在刀田里，有位相当高明的阴阳师，我带你去他那儿祓禊净身，求一道驱邪灵符吧。”说完，将正太郎领到那位阴阳师处，先细述一遍前情原委，又请阴阳师占了一卦。

阴阳师对着卦象凝神思索，道："此卦应怨灵侵身，凶多吉少啊。那怨灵先是夺去阿袖性命，但怨气尚未消尽，又要来取你这负心人之命了。人死后，阴魂会在阳世停留四十九天，算来那怨灵当在七日前殒命，因此由今日开始，你必须连续四十二天闭门不出，在家中挡灾消难。若能做到，或许能死里逃生，避过此劫。要是稍有疏忽，那就无可挽回了。"阴阳师细嘱一遍后，提笔在正太郎背上及手足上，密密麻麻写满篆籀文字，又以朱笔画下诸多法符，叮咛道："将这些法符分贴到门窗上，早晚祷告莫停，万万不可懈怠，否则性命难保。"正太郎既喜又怕，回家后立即将法符贴在门窗上，斋戒沐浴，闭门祷告。

当晚三更时分，门外传来幽幽的自言自语声："真可恶啊！到处都贴了法符！"随即静默无声。正太郎吓得簌簌发抖，只恨长夜难熬，睁着眼苦挨到天明，才松了口气，急忙敲打墙壁，对隔邻的彦六讲了昨晚之事。彦六听了，亦觉阴阳师的占卜甚为灵验，于是当晚也不敢合眼。三更时，听到一阵好像狂风刮倒松树的巨响，接着风雨大作，令人生惧。正太郎与彦六隔墙互相壮胆，总算撑到了四更。突然，正太郎屋舍的窗纸上，一道红光蓦地闪过，有阴冷女声低语道："真是可恨，这里也贴了符！"夜半更深，这声音格外可怖。正太郎与彦六吓得毛骨悚然，几欲昏厥。

如此支撑着过了月余，两人白天隔墙述说夜间状况，夜里又亟盼天光，三十余日光景仿佛比千年还长。那怨灵晚晚都来，要么在屋前屋后绕圈，要么在屋顶上凄厉啸叫，愤恨之声，深夜听来令人心胆俱寒。

终于，好不容易到了第四十二天晚上。正太郎心想，熬过这最后一夜，就能逃过大劫了，更要分外小心才是。良久良久，窗外开始泛白，正太郎以为已经过了五更，顿时如释重负，隔墙急呼彦六。彦六贴着墙壁问道:“你那边情形如何?”正太郎道：“闭门挡灾四十二日，如今东方破晓，期限已满。好久未见兄弟，心中挂念得紧，真想将这段时间以来的种种感受，和兄弟谈谈。你起身吧，我马上开门出来。”彦六也是个粗枝大叶之人，便道：“既然天已亮，料来再无危险，你过来吧。”说罢起身开门。哪知刚开得半边门，就听隔壁屋檐下一声惨呼，惊得彦六一屁股瘫坐在地上。他心想这一定是正太郎遭到了什么不测，连忙手持利斧，冲出门外。一抬眼，哪里是天亮了，其实是月色皎洁，清光映照窗纸上，看起来好像天明了。夜风寒冷，凉气逼人，正太郎屋门大敞，却不见人影。莫非他躲进屋里去了？彦六入屋仔细搜寻，不见其人；又想，难道是逃到外边的大路去了？便出外寻找，依旧踪迹全无。彦六骇怕异常，提着灯笼到适才惨呼响起处探视，发现敞开的屋门旁，斑斑血迹从墙上一直滴到地上，却没有尸首骸骨。月光下，朦朦胧胧地在屋檐下好像挂着什么东西，举灯一照，竟是男子的发髻悬于檐下，此外别无他物。当晚凄惨恐怖之状，笔墨实难描述。等到天亮后，彦六又探查周边山野，仍然一无所获。最后，他将此事通知了井泽家，井泽夫妇目断魂销，又转告给了香央家。

这件事后，人们纷纷赞叹阴阳师卜卦之准确，也益发相信御釜被预测吉凶之灵验，敬之畏之，遂使“吉备津之釜”的传说流传至今。

［柒］

蛇性之淫

不知是在哪一年、哪一个朝代，纪伊国①三轮崎有一位名叫大宅竹助的渔场主，他以捕鱼起家，靠经营海产发迹，手下雇了许多渔夫，替他捕鱼捞虾，所获甚丰。因此大宅家底殷实，生活富裕。

大宅竹助膝下育有二子一女，长子太郎朴实勤劳，努力生产；次女嫁给一个大和国②人为妻；小儿子丰雄相貌斯文，喜好风雅，疏于生计。大宅竹助对丰雄的前程深以为忧，时常担心即使将家产分一份给他，过不多久也必被他人欺骗侵吞。可如果将他过继给别人做养子，又不免心有不甘，牵肠挂肚。因此只好由着丰雄的性子，任其自然发展，无论日后是成为满腹经纶的学者，还是拜佛诵经的法师，都听凭自主，不再对他严加管束。而自己的晚年，托付给太郎照顾就行了。

不久后，丰雄拜新宫神社的神官安倍弓麿为师，每日必去老师处，恭聆教诲。

九月下旬的某日，天清气朗，海面波澜不兴。倏忽间，东南方乌云低垂，淅淅沥沥地下起绵绵细雨来。丰雄向老师借了把雨伞，匆匆忙忙往家里赶。途经飞鸟神社附近时，风雨渐骤，丰雄只好就近躲入一家渔户的屋中避雨。老渔夫见是渔场的少主人，慌忙恭敬相迎，说道：“原来是少东家来了，真是蓬荜生辉啊！寒舍脏乱，请坐这蒲团。”说着，拍净蒲团，双手奉上。丰雄道：“您老别忙，我只是来避避雨，雨一停就走。”言罢在蒲团上坐

① 纪伊国，属南海道，俗称纪州，领域相当于现在的三重县南部及歌山县。

② 大和国，属京畿区域，为五畿之一，又称和州，领域相当于现在的奈良县。

下，静候雨歇。

过得片刻，忽听门外传来一个娇滴滴的声音，一女子道："就在这家檐下暂避一阵吧！"语音甜美，宛若黄莺初啭。丰雄不禁朝檐下望去，只见一位年约二十的妙龄女子，面若桃花、发髻精巧，身穿青色远山纹和服，妍姿俏丽，艳光照人。她旁边跟着一个怀抱包裹的婢女，十四五岁模样，也长得颇为清丽可人。那女子被雨淋得浑身湿透，见到丰雄，登时晕生双颊，娇羞无限。楚楚可怜的样儿，直撩人心怀。

丰雄被女子的绝色容颜深深吸引，暗忖道："这附近一向不曾听闻有如此美貌的佳人，她一定是从京都去熊野三山①参拜，顺道来此欣赏海滨风光的。只是身边未带男仆，似乎有些欠妥。"丰雄念及此，朝里挪了挪身子，腾出地方来，向那美女招呼道："请到屋里坐吧，这雨一时半会儿还停不了。"那女子躬身应道："如此，多有叨扰了。"款款进屋，因室内逼仄，便挨着丰雄坐下。丰雄就近细观，愈发觉得那女子芳菲妩媚、秀美绝伦，疑是天仙下凡，人间难有。他禁不住心旌摇动、神魂颠倒，开口问道："瞧你一身装扮，应是大家闺秀。此行是去参拜三山，还是去峰上的温泉洗浴归来，路经这海边僻地呢？可惜我们这儿只是一片荒滩，并没有什么可观赏的。古歌云：

三轮崎边佐野渡，欲避风雨无人家。②

① 熊野三山是位于歌山县南部的熊野坐（本宫）神社、速玉（新宫）神社和那智神社的总称。

② 出自《万叶集》第三卷第二六五首。

说的岂不正是此刻的情形？幸而这陋室的主人受雇于家父，所以请尽管安心避雨。不知小姐今夜欲投宿何处？在下本拟送小姐一程，又恐男女避忌，多有不便，只好请小姐带上这把伞吧！”

那女子道：“多谢公子借伞与我。您的这番热情，足以将我身上的湿衣都烘干了。小女子并非京都人氏，居住本地已有多年。听人说今天乃黄道吉日，便特意去那智神社参拜，不料中途遇雨，贸然到檐下躲避，有幸遇到公子，承蒙照应，感激不尽。寒舍便在左近，待雨停了，我就回去。”

丰雄坚持道：“这雨一时之间怕是难停，此伞请小姐尽管携去。但不知尊府坐落何处？在下日后好派人去取。”那女子答道：“我家在新宫附近，届时只须打听领地中名真女儿①的便是。天色将暮，小女子承公子盛情，这伞就暂借一用吧。”言毕撑伞而去。丰雄目送她离去后，向渔夫借了蓑衣斗笠，也自行归家。

到家后，丰雄无论如何不能忘怀那女子，夜间辗转反侧，脑海中尽是女子的倩影。直到天将黎明时，才迷迷糊糊入了梦乡。他梦见自己寻到真女儿居处，只见高门深院，窗格紧闭、竹帘低垂，一望可知是大户人家。真女儿亲自迎出，道：“公子情深意重，小女子时刻铭记在心。公子请进。”领着丰雄来到内室，捧出鲜果美酒，殷勤款待。丰雄喜形于色，心迷神醉，正要与真女儿共枕合欢，倏忽梦醒，已是日上三竿。丰雄呆呆回味，痴想若是美梦成真该有多好！欲念勃兴，难以抑制，连早饭也忘了吃，急不可耐出门向新宫而去。

到得新宫，逢人便打听领地里有无一位真女儿，家在何处，

---

① 此处一语双关，日文中“真女儿”有“漂亮女子”之意。

却无一人知晓。眼见晌午已过，丰雄又累又急。正在不耐烦之际，忽见昨日那个婢女由东而来，丰雄大喜，忙迎上前道：“小姐府邸何处？我专程为取伞而来。”婢女微笑道：“有劳公子了，请随我来。”说着在前头引路。未走多远，婢女即停步道：“此处便是了。”丰雄抬眼一看，但见高门深院，窗格紧闭、竹帘低垂，情形与梦中所见一般无二。他心下十分诧异，跟着婢女踏进屋门。

婢女入内禀告道：“小姐，借伞给我们的公子来了。”

“公子在哪儿？快请进屋!”真女儿边说边迎了出来。丰雄道：“请恕在下冒昧到访。只因新宫的安倍先生是在下授业恩师，今日正巧去拜访他，就想顺道取伞回去。既已识得贵府所在，在下改日再来拜会吧。”

真女儿急忙挽留，向婢女道：“可不能让公子走了。”婢女会意，挡在丰雄面前道：“您昨日定要借伞给我们，今日礼尚往来，请您无论如何要留下，以容回报。”说着，领丰雄到南面会客室落座。会客室的地板上铺着榻榻米，无论是屏风、柜橱，还是帷幔上的绘画，都古色古香、高贵奢华，绝非普通人家所能拥有。

真女儿也来到会客室，说道：“家门不幸，先夫已不在人世，陋室无以为敬，略备薄酒一杯，聊表谢意。招待不周，请公子莫怪。”言毕，婢女摆出高脚杯和盛满山珍海味的碗碟，又手执陶质酒瓶，斟倒美酒，殷勤相劝。丰雄仿佛置身昨夜梦境中，既害怕再度惊醒，又明知并非虚幻，心内疑惑，百思难解。

酒过三巡，宾主都有了几分醉意。真女儿举杯对着丰雄，玉颜酡红，美若枝头樱花映水；动作轻柔，宛如怡人春风拂面。她轻启朱唇，莺声燕语道：“古歌有云：

暗恋无人晓，忧心似火煎。

一朝失恋死，枉自怨神明。①

我不愿到时候埋怨苍天，所以想把心里话坦白向公子明说。小女子本是京都人，父母早丧，由乳娘抚养成人，后来嫁给纪伊国国司属下的某人，搬来此地长住，迄今已三年有余。未料夫君任期未满，竟于今春暴病身亡，小女子登时无依无靠。而京都的乳娘早就落发为尼，云游八方去了。因此故乡于我而言，已是形同陌路。如今小女子举目无亲，凄凉不堪。昨日避雨，偶与公子邂逅，承蒙照应，知公子诚信可靠，小女子愿以身相许，自今而后，随侍左右。若公子不嫌奴家卑贱，请饮下杯中水酒，以订白首之约。"

丰雄早有此意，梦寐以求的佳人肯委身于己，实是人生乐事，不由得心花怒放。可是一转念间，想到自己尚未独立谋生，不经父兄应允，岂敢私订终身？一时忧喜交集，踌躇不答。

真女儿见状，悲哀道："我一妇道人家，冒冒失失倾诉衷肠，一言既出，覆水难收，真是无地自容。像我这样孤苦伶仃的薄命人，早该投海自尽，今日又让公子烦恼，当真罪孽深重。小女子适才所言，虽出自至诚，却请公子当作酒后胡言，付诸东流吧！"

丰雄忙道："在下初见小姐，便知小姐定是京中大家闺秀。在下不过是偏僻海边土生土长、与鲸鱼为伍的粗鄙之人，小姐竟肯屈身下嫁，实出望外，岂有嫌弃之理？只是在下尚未自立，仍要依靠父兄过活。除了身体发肤外，别无长物，拿什么做聘礼迎娶

---

① 出自《伊势物语》第八十八话。

小姐呢？所以自恨贫寒，不敢应许。倘若小姐耐得穷苦，在下当尽力而为，娶你为妻。谚云：‘孔子也拜倒于爱情山下。’为了爱情，在下情愿将孝道与安身立命之事，统统忘却。”

真女儿感动道：“公子肺腑之言，令小女子甚感欣慰。寒舍虽然破旧，还是请公子时常来坐坐。这把宝刀是先夫遗物，他生前最为珍爱，请公子笑纳。”说完取出一把镶金饰银的太刀，一望可知是从古时传下来的名刀。丰雄心想此乃定情信物，不宜推却，便收了下来。真女儿又一再挽留道：“今晚就请在舍下过夜吧！”丰雄婉拒道：“未得父兄允许，不敢夜不归宿。我明日找个借口，定然再来。”于是告辞回家。当晚又是整夜不曾合眼。

次日，兄长太郎因要安排渔夫下海，起身很早，经过丰雄卧室时，无意间从门缝向内一瞥，借助微弱的烛光，见丰雄枕边放着一把熠熠闪光的宝刀。太郎心中奇怪，这把刀是从哪儿弄来的？便拉门入屋，丰雄被拉门声惊醒，睁眼见是太郎，问道：“兄长有事找我？”太郎道：“在你枕边锃亮发光的刀是哪里来的？如此贵重的宝物，与我们渔家的身份大不相称，父亲若是知道了定会责怪于你。”丰雄道：“此刀并非破钞购来，而是昨日有人相赠，随手搁在这里。”太郎厉声道：“说谎！这一带怎会有送得起贵重宝物的人家？平时你买些看不懂的汉文书籍已属浪费，只因父亲未予斥责，我才隐忍不语。如今又弄来这把宝刀，莫非是想佩带着它，去新宫神社的大祭上显摆吗？简直是胡闹！”

大宅听到太郎的责骂声，唤道：“太郎，那个不成器的废物又惹下什么麻烦了？带他到我这里来！”

太郎答道：“也不知他从哪儿买了把武将才有资格佩带的耀眼宝刀，当真不像话，请父亲大人好好盘问盘问。我要去催渔夫们干活了。”说完，径自出门去了。

母亲把丰雄叫到跟前，询问道：“买这么个贵重的东西有什么用呢？家中钱粮都是太郎赚来的，你两手空空，一无所有。平日里任性胡为，太郎已十分生气，再这样荒唐下去，世上便难有你的容身之地了。亏你读了那么多圣贤书，竟连这点道理都不明白？”

丰雄辩道：“这宝刀确实不是买来的，是别人为了某种缘由而赠送的。兄长不明就里，硬说是我买的。”

大宅怒道：“无功不受禄。你有何功劳，人家会送你宝刀？真是一派胡言。快说实话！”

丰雄道：“此事不便启齿，恕不能直言。”

大宅声色俱厉道：“对父母也说不出口的事，还能向谁说？”

太郎之妻在旁劝道：“请公公婆婆息怒，不妨让我问问他。丰雄，你跟我过来。”领着丰雄来到另一间屋里。

丰雄对嫂嫂道：“我原想偷偷地先与嫂嫂商量的，谁料被兄长发现了宝刀，还挨了一顿骂。事情的原委是，有一位守寡的年轻女子，受不住孤清寂寞，要我娶她为妻，这把刀就是定情信物。我身受父兄抚养，未得他们允许，便私订终身，真是后悔莫及。望嫂嫂体察苦衷，为我想个好法子。”太郎之妻笑道：“小弟至今未婚，嫂嫂也替你着急呢！如今不是天赐的喜事么？嫂嫂虽笨嘴拙舌，但一定帮你居中说项，成全这桩美事。”当晚，她将事情原原本本地说与太郎知晓，并劝道：“这也算是一桩好事，父亲面前，你就多说几句好话吧。”

太郎皱眉道：“此事颇为古怪。我怎么从未听过那国司属下某人？咱们家是本地保正①，国司的下属死了，会不知道？无论如何，你还是先取宝刀来，我仔细瞧瞧。”太郎之妻连忙取来宝刀，太郎细看后，倒抽一口凉气，惊道：“祸事了。前些日子，京中有位大臣为向神明还愿，贡献了许多宝物给熊野神社，哪知这些宝物在宝库中统统不翼而飞。大宫司②将此事呈报给国司后，国司派次官文室广之大人前往大宫司官邸，计议捉拿盗贼之事。这把刀绝非下级官员所佩之物，快让父亲看看再作计较。”他立刻将宝刀带到大宅面前，详细说明原委，问道：“此事非同小可，您看该如何处置？”

大宅吓得面色苍白，慌道：“这可怎生得了！丰雄平素连别人的一根头发都不敢动，不知是前世的什么报应，令他生出这等坏心眼。万一被人发觉告发，可是要株连全家的啊。为了列祖列宗、子孙后代，只能舍弃这个不肖子了。你明天就去出首报官！”

待到天明，太郎立即去大宫司官邸，呈上宝刀并说明来龙去脉。大宫司见到宝刀，惊道：“这确是大臣奉献之物。”次官文室广之听了，立刻命令太郎带路，领着十名武士往大宅家捕盗，并追索其余失物。

丰雄还蒙在鼓里，正在家中埋头看书。见武士们闯入宅中要绑他，急问道：“我犯了何罪？”武士们哪里睬他，将他五花大绑起来。到了这般地步，丰雄的父母与兄嫂，除了哀叹悲怜，也无话可说。武士们叱道：“奉国司次官之命拘捕你，快走！”架着丰雄，押到大宫司官邸。

---

① 保正：十户为一保，五保为一大保，十大保为一都保。保正即都保之长。

② 大宫司：神社中神官之长。

次官双目圆睁，怒视丰雄道：“敬神宝物你都敢偷盗，这可是弥天大罪！其余宝物匿于何处？速速从实招来！”丰雄此时才明白过来，大哭道：“真是冤枉啊！小的并未偷盗，那宝刀是国司属下某某的遗孀，送给我做定情之用，说是她前夫的遗物。大人传那女子来对质，便知小的清白。”

次官愈发恼火，喝道：“国司属下从无你说的某某，你竟敢欺骗上官，当真是罪加一等！”丰雄辩道：“小的今已被捕，怎敢诓骗大人？恳求大人传那女子来，以证明小的无辜。”次官吩咐武士道：“你们押着丰雄，去将真女儿拘来审问。”

众武士领命，押着丰雄寻到真女儿家。却见整座房屋残破不堪，门柱朽烂，屋瓦碎裂，蒿草丛生，全不似有人居住。丰雄见到这般光景，惊得瞠目结舌，僵立当场。众武士从附近找来铁匠、伐木老翁、舂米人等邻居，邻居们惶恐不安，跪倒在地。一名武士问道：“此宅中住着何人？是否是某某的遗孀？”

铁匠答道：“我等从未听过某某的名字。这栋屋宅三年前曾有村主某人居住，那时节人来车往，门庭若市。后来他出海去九州运货，船只遇难，下落不明。从此家道衰败，家人四散，屋子便成了空宅。听一位老漆匠说，他昨日曾见到这个后生进屋去，待了许久才离开，我们都深感奇怪。”

众武士沉吟道：“无论如何，我们还是要进去查看个明白，也好回禀次官大人。”这么说着，一起推开屋门，走进空宅。只见宅内比屋子的外观更显荒凉：宽阔的院落中树木阴森、水池干涸，花叶凋萎、杂草丛生。一株大松树被风刮倒，横躺庭间，越发衬得空宅凄凉恐怖。拉开主室的隔门，一股腥风扑面而来，众人毛骨悚然，不自禁地倒退数步。丰雄更是吓得不敢作声。

武士中有个叫巨势熊梼的，颇有胆色，喊道："我打头，你们随我来！"踏着地板大步闯进屋里。屋内积尘有一寸多厚，鼠粪遍地，在移旧的帐幔旁边，坐着一个如花似玉的美女。巨势喝道："国司有命，传你问话，赶快起身。"那美女沉默不答。众武士靠上前去，要动手捉她时，突然一声霹雳巨响，如山崩地裂，众人惊得瘫软在地。待定下神看时，那美女已然踪影全无，只是地板上有东西在闪闪发光。众人战战兢兢挨近细看，高丽锦、吴绫、本地的缣帛、盾、枪、箭囊、铁锹等等，堆了一地，光彩夺目，全都是神社失窃的宝物。武士们将宝物收拾好，带回去复命，并详细禀报了遇到的怪事。国司次官和大宫司得知是妖怪所为，便不再责备丰雄。但丰雄窝藏赃物，罪罚难逃，仍被关进国司衙门的监狱中。大宅父子为了救他，耗费了不少财物，上上下下打点，终于在百日后使丰雄脱出囹圄。丰雄羞愧不已，对父亲道："孩儿无颜再见乡里乡亲，想去大和国姐姐家暂住一段日子。"大宅点头道："你身受牢狱之灾，我们也担心你因此得病，就去姐姐家静养散心吧！"遂派仆人陪他动身。

到了大和国，他姐姐家住石榴市，姐夫田边金忠以商贾为业。他们见丰雄来访，十分欢喜，殷勤款待之余，对他这几个月的遭遇深表同情，一齐劝道："你只管在此长住下去，不用急着回家。"

转眼过完新年，到了次年二月。石榴市附近有一座泊濑寺①，寺内观音极是灵验，其盛名甚至远播唐土。每逢春季，自京都及各地赶来的进香者川流不息，因此城中的旅馆鳞次栉比，家家都宿满了香客。

---

① 泊濑寺：又称长谷寺、初濑寺、丰山寺、长谷山寺，位于奈良县樱井市（初濑町）。相传系依照天武天皇敕愿而由道明上人所建。

田边金忠经营的是佛灯与香火生意，店前时常挤满了顾客。某日，有位京都来的美貌女子，带着个婢女，来买进香物事。婢女见到丰雄，惊叫道："公子原来在这里！"丰雄定睛一看，竟是真女儿与她的贴身婢女，吓得大叫"妖怪啊"，慌慌张张躲进店里。金忠夫妇忙问："出什么事了？"丰雄战栗道："那妖怪追来了，千万别让她进屋。"四周的香客也惊慌起来，吵吵嚷嚷道："妖怪在哪儿？"

真女儿步入店堂，道："诸位不必疑神疑鬼，公子也无须害怕。都是由于我的过错，才使公子蒙受不白之冤，对此我深感愧疚。为了向公子解释事情的缘由，消除你的误会，我四处寻找你的下落，今日终于再度遇到公子，真是不胜之喜。请店家想想，倘若我真是妖怪，又怎敢在光天化日下，现身于大庭广众之间呢？你们来看，我穿的衣裳有缝儿，向着日光也有身影，这些都能证明我并非什么妖怪。请大家切勿多疑。"

丰雄惊魂稍定，但疑虑未消，道："可你也绝非人类。那日我被武士押着，一同寻到你的住处，亲眼目睹屋宅竟已颓败荒弃，面目全非，变成了妖怪鬼魅栖身之所。而你却安然独坐屋中，当武士们上前要拘拿你时，猛地一声晴天霹雳，你登时消失得无影无踪。今日你又追寻至此，到底意欲何为？赶快离开！"

真女儿流泪道："公子所言确实不假，请容我加以解释。那日听说公子被拘，我便与从前受过我家恩惠的邻舍翁商量，将屋宅夷为废墟。至于武士捉拿我时震响的霹雳，则是婢女布置的机关。后来，我雇船逃到难波，为打听公子消息，特意到泊濑寺进香许愿，求得一卦签，诗谶云：

古河道旁杉两株，岁月幽幽过，依旧连理枝。①

托观音菩萨垂怜，此谶乃是吉兆，果然让我在此与公子重逢。再说那些宝物，我一个柔弱女子，哪有本事偷盗它们呢？那都是先夫行为不端，犯下的歹事。诸般事宜，望公子细心体察。我对公子真情一片，绝无欺瞒。”说罢泪如雨下，掩面而泣。

丰雄听了将信将疑，一时间爱恨交织，默然无语。金忠夫妇见真女儿条分缕析、句句有理，再看她举止娴雅、大方得体，先自信了。遂道：“丰雄所说奇事，固然惊人，但仔细思量便知，世上岂有如此怪诞之事？你不远千里寻到此地，就算丰雄不领这份情意，我们也要替他留住你。”于是，把真女儿请进里屋。

真女儿口蜜舌甜，只两三天工夫，便大讨金忠夫妇欢心。她趁势央求金忠夫妇劝说丰雄，丰雄渐渐地也消除了心中的隔阂，再加上本就对真女儿倾心爱慕，终于坦然无疑，与真女儿立下海誓山盟，结为夫妇。他们共约白头偕老，厮守一生，夜夜如古歌所云：“云雾涌葛城，雨倾高间山。”② 翻云覆雨，恩爱缠绵。直至泊濑寺晓钟响起，方才止歇。如胶似漆，只恨相逢太晚。

不觉光阴似箭，已是阳春三月。金忠对丰雄小两口道：“此处景致虽比不上京都，却远胜于纪州。吉野春色美不胜收，三船山、菜摘川也都有看不腻的美景。目下春光明媚，正是春游的大好时机，咱们何不一起出游？”真女儿笑道：“吉野美景，自古便名满京都，京中人以未能一游吉野为憾。无奈我自幼体弱，一到人多拥挤处，或是长途跋涉，便会头昏眼花，疲乏难耐。所以请恕这

---

① 出自《古今和歌集》卷十九。

② 出自《新拾遗集》。

老者目不转睛，凝视二女许久，突然喝道：『孽障！竟敢在此惑人，休想逃过老夫法眼。』真女儿与婢女听了，立即一纵身，跃入瀑布中。激起水柱冲天，二女顷刻间不见踪影。霎时天空乌云翻滚，豪雨倾盆而下。

次不能奉陪了。我在家中等着夫君带吉野的土特产回来。”金忠夫妇极力劝道：“步行劳累，才会发病。家中虽无牛车，却也不至于让你徒步前往。再说你留在家里令丰雄记挂，他也玩得不尽兴。”丰雄也劝道：“既然姐姐与姐夫殷勤相邀，又安排周全，你还是去吧。即使半路上累倒，有我照顾，也无须忧虑。”真女儿虽然满腹不情愿，架不住盛情难却，只好跟随众人一道出发游春。

一路上，游人如织、摩肩接踵，女子们个个浓妆艳抹，但姣美能胜过真女儿者，却无一人。

吉野有座寺院，金忠夫妇甚熟，这日黄昏，丰雄一行人来到寺中投宿。方丈出迎道：“今春你们来迟了，樱花已凋谢大半，莺啼也不那么悦耳了，但仍有一个好去处，老僧明日陪你们去赏玩。”当晚安排素斋相款，一夜无话。

次日清晨，山中升起一层薄雾，不久雾霭散去，万里晴空，寺院位于山顶，居高临下，放眼远眺，半山腰的僧房清晰在目。山鸟啼鸣此起彼落，群花争春竞相开放，虽同为吉野深山，此处特别令人心旷神怡。

对初次到访者而言，山中的飞瀑是必赏之景。丰雄请一位向导领路，向瀑布峰谷进发，不一时来到吉野离宫的遗址附近。但见激流飞泻直下，成群的鲇鱼溯流而上，景观壮阔，令人眼界大开。众人寻个干净处席地而坐，打开扁柏饭盒，边吃边观赏瀑布美景。

这时，有位老者，步履轻捷，踏岩石走来。他一头银发用麻绳束着，健步如飞，来到瀑布边，见到丰雄夫妇，登时面露惊疑之色。真女儿与婢女急忙背转过身，不敢与老者照面。老者目不转睛，凝视二女许久，突然喝道：“孽障！竟敢在此惑人，休想逃过老夫法眼。”真女儿与婢女听了，立即一纵身，跃入瀑布中。激起水柱冲天，二女顷刻间不见踪影。霎时天空乌云翻滚，豪雨倾盆而下。

老者安慰众人不必惊慌，带着他们下山，在一户贫寒人家的破旧屋檐下避雨。众人吓得蜷缩成团，瑟瑟发抖。老者对丰雄道：“我观你面无血色，印堂发黑，必是为妖精所惑。适才若不救你，你早晚会送了性命。今后千万留神，不可大意。”

丰雄慌忙跪下磕头，将前事仔细叙述一遍，哀求道：“还请仙翁搭救小人一命。”老者道：“原来如此。这孽障其实是条大蛇，修炼多年，幻化为人。传言她生性淫荡，同牛交媾可生麒麟，与马交媾则生龙马。此番魅惑于你，想必是因为你相貌俊美，勾起了她的淫欲。我看她对你极为痴情，你今后若不加倍提防，恐性命旦夕不保。”众人听了愈发惶恐，对老人益发尊敬，顶礼膜拜，口口声声“神明显灵”。

老者笑道：“老夫并非神明，而是大和神社的神官，名叫当麻酒人。就让我送你们回家吧。”于是众人跟着老者，踏上了归途。

次日，丰雄来到大和乡，向老者千恩万谢，送上美浓绢三匹、筑紫锦两捆，同时恳求道：“望神官祓禊除妖，帮小人彻底祛除蛇精之害。”老者收下谢礼，一一分赠给其他神官，自己丝毫未留。他对丰雄说道：“那蛇精贪你英俊，痴缠于你；你又被她幻化的美色所迷惑，阳刚气魄尽失。如果你想摆脱她的纠缠，从今以后须得振作精神、雄起阳刚，同时清心寡欲、镇定心猿，届时无须老夫助力，亦能自行驱邪逐恶了。”丰雄如梦初醒，反复道谢，拜辞老者。

回到金忠家，丰雄向姐夫道：“数月来小弟身受蛇精魇惑，皆因心性不正所致。我对父不孝、对兄不悌，还给你们添了不少麻烦，实在过意不去。这些日子承蒙关照，恩情容当后报。小弟就此别过。”遂与金忠夫妇告别，回到了故乡纪伊国。

家中父母与兄嫂听了这件可怕的怪事，终于明白盗宝一事并非丰雄之过，不由得心生怜悯，又担心那蛇精再来纠缠滋事，彼此商量道：“这一切皆因丰雄孤身未娶，才给了妖精可乘之机，尽快给他娶妻成婚吧！”

恰巧在芝乡有位姓芝的庄司，其女富子在京都皇宫中充任女侍，得大内恩准辞职还乡。庄司托人来大宅家说媒，愿招丰雄入赘为婿。大宅家求之不得，立时应允了婚约。富子知丰雄俊秀，也颇为欢喜，一从京都回到家乡，便高高兴兴地成了亲。她常年在宫中侍奉，知书识礼、举止得体，兼且相貌清雅、温柔体贴，堪称妙人。洞房之夜，丰雄虽偶尔会想起与蛇精相恋的往事，但面对富子，却也感心满意足，万般如意了。

新婚初夜，种种恩爱，不必赘述。次日夜里，丰雄多喝了几杯，带着醉意向富子戏谑道：“你常年住在宫里，见过世面，一定不很满意我这个乡下人吧？宫中时常出入宰相、中将等贵人，你跟他们卿卿我我，有些暧昧也说不定哩。这些虽说都是过去的事了，可我难免会嫉恨呀！”富子猛地一抬头，道：“忘却旧爱，贪恋新欢，夫君还敢说什么嫉恨？我更是恨你入骨啊！”丰雄大吃一惊，眼前明明是富子的面貌，怎地声音竟变成了真女儿的？直把他吓得汗毛倒竖，背脊发凉。那女声又冷笑道：“夫君不必惊疑。尽管你将我们的海誓山盟抛诸脑后，但缘分注定，令我俩又再度聚首了。不过，你若再信别人的谗言，二度抛弃我，我就一定要报仇雪耻了。纪州之山极高，我可以令你的血从山顶流到谷底。

劝你好自为之，切莫断送了性命。”丰雄听了，以为命在顷刻，浑身颤抖，几欲昏厥。

这时，又听屏风后有人厉声道：“天赐良缘于公子，公子还有什么不满意么?”说着走出蛇精的婢女来。丰雄愈发惊得魂不附体，闭目瘫倒在地。真女儿与婢女你一言我一语，一忽儿温言抚慰，一忽儿又恶语恫吓，丰雄却如躺尸一般，直挺挺呆愣到天明。

天色大白后，丰雄挣扎着逃出寝室，向庄司叙述了昨夜发生的可怖之事，他生怕背后有人偷听，低声道：“请岳父一定要想个对策，帮小婿逃过这场劫难。”庄司夫妇也吓得面青唇白，唉声叹气道：“这该如何是好呀？——对了！听说京都鞍马寺有一位大法师，每年都来熊野神社参拜，昨晚就宿在对面那座山的寺院里。据闻这位法师神通广大，法力无边，能祛瘟疫、降妖魔、灭蝗灾，本乡人对他极为信服。咱们就请他来对付蛇精吧。”于是急忙遣人去请法师。

法师听庄司讲完前因后果，不屑道：“降伏此等蛇妖，易如反掌，请诸位放心。”众人见他毫不在意，才跟着松了口气。

法师取出雄黄，加水调和好，装在一个小瓶中，然后直奔富子的寝室。众人畏畏缩缩，不敢跟从。法师嘲笑道：“无论男女老幼，都在这儿等着。看我即刻捉拿那条蛇精出来。”说着径直向前，拉开寝室门。一个巨大的蛇头“呼”一声向他猛扑过来。那蛇头比雪还白，眼亮如镜，角如枯木，气势汹汹堵在门口，血盆大口有三尺多宽，吐着猩红的舌头，作势要将法师一口吞下。法师惊呼一声，将手里的药瓶一丢，浑身战栗，连滚带爬地逃了回来，向众人道：“太可怕了！太可怕了！这不是寻常蛇妖，而是作

屋内寂静无声，只有蛇精与婢女相对而坐。蛇精对丰雄道：『我与夫君到底有何冤仇，夫君竟然找法师来捉拿我？如果你以后再敌视于我，不单只你一人，全乡人都将不得好报。我对夫君一往情深，也请你以诚相待，勿再生出异心了。』

祟的邪魔，非法师之力所能降伏。若是逃慢一步，我就被它吞进肚里去了！”说着竟晕倒在地。众人赶忙扶起他，见他手足肌肤颜面，全都笼罩着一层黑紫色，周身滚烫，看来是中了蛇妖的毒气。到后来只有眼珠能够转动，一句话也说不出。大家往他身上浇冷水，仍然无济于事，终于毒发而亡。

众人见状更加惶恐，一个个胆寒魄散，不知所措，唯有抱头痛哭。丰雄把心一横，道：“连法术高明的法师也镇不住那蛇妖，她若执意要害我，我就算逃到天边也是无用。为我一人而连累大伙，更是不义之举。所以，现在不需要再想办法了，我自己去应付她。”说罢，抬步向寝室走去。庄司家的人以为他疯了，纷纷劝阻，但丰雄置若罔闻，拉开寝室门，毅然入内。

屋内寂静无声，只有蛇精与婢女相对而坐。蛇精对丰雄道：“我与夫君到底有何冤仇，夫君竟然找法师来捉拿我？如果你以后再敌视于我，不单只你一人，全乡人都将不得好报。我对夫君一往情深，也请你以诚相待，勿再生出异心了。”她花言巧语、搔首弄姿，令丰雄感到十分不舒服。

丰雄强忍心头不快，虚与委蛇道：“俗话说‘人无害虎心，虎有伤人意。’你以常人难及的心思，几次三番纠缠于我，害得我吃尽苦头。如今又恐吓威胁，实在太过恶毒。我亦知你爱我之心，与凡人相同。只是你待在这里，会令乡人担惊受怕。我请求你放过富子，我愿随你到天涯海角，任你所欲。”蛇精听了大喜过望，欣然应允。

丰雄走出寝室，对庄司道：“我被蛇精纠缠，连累众人跟着受罪，当真于心不忍。请您让我离开，以保全富子的性命。”庄司执意不允，道：“我也是堂堂武士后裔，习过武功，如果牺牲你来换取安宁，那太窝囊了，日后有何面目去见大宅一家人？还是另想对策吧。听说小松原道成寺有位法海和尚，法力精深，非寻常法师可比。如今虽已年迈，无事不出寺门，但我去苦苦哀求，他总不会见死不救的。”言罢立即上马，风驰电掣去请法海。

路途遥远，庄司马不停蹄，深夜时才赶到道成寺。法海和尚从禅房出来，听了蛇精作祟的原委，道：“真是可怜。贫僧虽已老朽，法术不怎么灵光了，但绝不能坐视不管，任由蛇妖残害百姓。你请先回，贫僧随后就到。”说着，取出一件用芥子香熏过的袈裟交给庄司，嘱咐道：“好言将那孽障哄到身边，用袈裟兜头蒙住，然后使劲压着。千万不可松手，沉住气，心里默诵佛经，这样她就逃不掉了。”庄司十分高兴，带着袈裟连夜策马疾驰，回到家中。

抵家后，悄悄唤出丰雄，密语道：“如此如此，这般这般，小心行事。”把袈裟交给丰雄。丰雄怀里藏着袈裟，来到寝室，对蛇精道：“庄司答应我们离开了，这就走吧。”蛇精喜极，警惕之心顿失。丰雄乘机掏出袈裟，猛地蒙到蛇精头上，而后使尽浑身气力，死死压住不放。“好痛苦啊！”蛇精哀求道，“请快松手吧！你怎能如此无情呢？”丰雄毫不理睬，越发用力按住她。

这时，法海和尚乘舆赶到，在庄司家人的搀扶下来到寝室。他口中念诵咒语，叫丰雄松开手，掀开袈裟一看，富子伏卧在地，已经不省人事。她的背上盘着一条三尺多长的白蛇，僵硬不动。法海提起白蛇，装进徒弟手捧的铁钵里。接着又念念有词，诵了一通咒语，一条一尺多长的小蛇由屏风后慢慢爬出。法海抓住它，也装入铁钵中。最后用袈裟将铁钵裹得密不透风，登舆离去。在场诸人千恩万谢，合掌致敬。

法海归返道成寺，在佛殿前掘一深坑，埋入铁钵，又施法封印，使蛇精永远不能复出。道成寺迄今仍留有大蛇冢。后来，庄司的女儿富子得病身故，丰雄则幸免于难。此即“蛇性之淫”的传说，谨录于斯。

［捌］

青头巾

古时，有快庵禅师者，乃有道高僧，自总角①之年起，便刻苦钻研禅宗奥义，并时常云游八方，求师问学。某年夏季，他在美浓国龙泰寺修完禅课后，于初秋前往奥羽一带，随后又来到下野国。当行到该国的富田村时，天色已晚，便想寻觅一户人家投宿。

他走到一栋大宅前，正欲开口叫门，恰好有一群耕田归来的农夫，在暮色昏黄中见到他的背影，登时惊慌失措，惊呼道："不好了，山鬼又来啦，大家快跑啊！"听到喊声，大宅里的人都慌乱起来，妇孺老少哭叫号泣，争抢着四处躲藏。大宅的主人挥舞着扁担，怒容满面地冲出来，一看，门外站着的是位年近五旬、头戴青头巾、身穿黑僧袍、背负旧包裹的老僧。

快庵禅师举杖致意，问道："这位施主，为何如此警惕呢？贫僧只是个行脚僧，想在贵处借宿一晚，故而站在门外等人开门，未料竟引来怪论，真是令人一头雾水。贫僧绝非什么打家劫舍的强盗，还请万勿见疑。"

那主人将扁担一丢，抚掌大笑道："哈哈，是他们看走眼，认错了人，让大师受惊了。大师快请进，今晚敝宅当盛情款待，以偿冒犯之过。"说罢，恭恭敬敬地行了一礼，将快庵禅师请到里屋，备宴相飨。

饭后，主人对快庵禅师说道：

"方才农夫们将您误认作山鬼，也是事出有因的。此地流传有一个奇闻，实在是不可思议，所以才引起了人们的恐惧。村郊的

---

① 总角：指八九岁至十三四岁的少年。古代少儿将头发分作左右两半，在头顶各扎成一个髻，形如两个羊角，故称"总角"。

『寺里的其他人，都认为住持已变成了山鬼，吓得四散奔逃。后来，一到夜间，住持就下山进村，或袭扰村民，或掘墓食尸。山鬼的传说，我们以往只在古物语中听过，现在却是亲眼目睹。村里的人无力阻止山鬼的恶行，只好一到傍晚立刻家家户户紧闭门窗。

山上有座庙宇，系本地望族小山氏的菩提院①，历代皆由大德高僧出任住持，现今的住持是本地某位阿阇梨②的侄子。他博学多识，修养深厚，素孚威信，国中人都喜欢到此寺中布施皈依。我一家人也常去礼佛，与那住持颇为熟稔。

“去年开春，住持受越国一位灌顶③戒师的邀请，在彼处逗留了百余日，返寺时带回一名十二三岁的少年，说是让少年服侍自己的起居。那少年容貌俊秀，住持对他宠爱有加。渐渐地，住持开始疏于佛事，变得懒散懈怠。今年四月，那美少年突患急病，卧床不起，住持请来国府最好的医生为他诊治，却药石无灵，不数日间病情加重，终于一瞑不视。

“住持失此少年，如丧掌上明珠，终日里长吁短叹，不胜悲痛，以至于哭到无泪、泣到失声。他既不肯将美少年的尸骸送去火葬，亦不肯入土，天天与遗骸脸贴脸、手拉手。时日一久，住持心神丧乱，变成了疯子。他把那少年的尸体当成活人一般，与之嬉戏作乐。尸首上的肉腐败发烂了，他觉得可惜，竟将腐肉吞食入肚，还吸吮尸骨，直至将整具尸体食尽啖光。

“寺里的其他人，都认为住持已变成了山鬼，吓得四散奔逃。后来，一到夜间，住持就下山进村，或袭扰村民，或掘墓食尸。山鬼的传说，我们以往只在古物语中听过，现在却是亲眼目睹。村里的人无力阻止山鬼的恶行，只好一到傍晚立刻家家户户紧闭

① 菩提院：这里指家庙，是某一家族固定皈依的寺庙。

② 阿阇梨：又称阿奢黎、阿舍梨等，意为师范、规范师、正行，指匡正弟子行为，堪为师范的高僧。

③ 灌顶：梵语的意译。原为古印度帝王即位的仪式，佛教密宗效此法，凡弟子入门或继承“阿阇梨”位时，必须先经本师以水或醍醐灌洒头顶。灌顶使受灌者成熟为修密之容器，从此可听闻修习殊胜之金刚乘。

门窗。近来此事逐渐在国内传开，外地人大多不敢到我们村来了。所以村民们见到大师，才生出了误会。”

快庵禅师听主人讲完这段故事，说道：“天下离奇之事，真是数之不尽。人生于世，倘若不识佛法无边，不知佛与菩萨教化广大，就会浑浑噩噩，虚度一生，最后被爱欲邪念所蒙蔽，犯下罪孽，陷入业障苦海中。某些人前生乃是兽类，今生为人便兽态复萌，残暴瞋恚；某些人前生是鬼是蟒，今生就要蛊惑作祟。此类例子，古往今来不胜枚举。又有一种人，虽然活着，却要化作鬼魅。如楚王宫女化为蛇，王含之母变夜叉，吴生之妻变成飞蛾，等等。① 还有，古时候一个游方僧人夜宿于贫苦百姓家。那一晚风雨交加，吹灭了屋里的灯火，漆黑一团，游僧辗转难眠。深夜时分，忽然听见羊叫声，不一会儿，游僧感到有一物在不停地用鼻子嗅自己。游僧登时惊起，操起放在枕边的禅杖，用力一击。那物惨呼一声，翻倒在地。这家的老妪闻声而醒，掌灯一照，倒地者竟是她的女儿。老妪痛哭流涕，哀求游僧赶快救人。游僧手足无措，不知如何是好，觑个空，急忙从这户人家中跑掉了。过了一段时间，游僧又路经该村，见田里围拢了许多人在看热闹，上前询问何事，村人答道：‘捉到个变成鬼的女人，大伙儿正合力

---

① 此处所举诸例，全部出自中国明朝谢肇淛的《五杂俎·卷五·人部一》。但需要特别说明的是，因古书无标点断句的缘故，上田秋成对这些例子解读有误。《五杂俎》原文为：“化为狼者，太原王含母也；化为夜叉者，吴生妾刘氏也；化为蛾者，楚庄王宫人也；化为蛇者，李势宫人也。”对比原文可以看出，上田秋成显然将之误断句为：“太原王含母也，化为夜叉者；吴生妾刘氏也，化为蛾者；楚庄王宫人也，化为蛇者。”故而造成所举例子在对应上出现错误。

把她埋掉。'①

"然而，以上诸例中，化身鬼魅的皆是女子。未尝闻有男子变鬼者。盖因女子易被内心欲望所迷惑，导致性情乖张偏执，变成卑鄙可怖的厉鬼。隋炀帝臣下有麻叔谋者，嗜食小儿嫩肉，时常偷拐民间幼童，蒸而为膳。此等人生来即无理性，乃是冷酷凶残的野蛮人，与您所说的那个变鬼的住持迥然不同。至于住持活生生变成山鬼的原因，想来是由于往昔因缘所致。他平素也曾竭力苦修，虔诚向佛，意志坚定，若不是恋上那个美少年，定会成为一位大德圣僧。只可惜，一朝陷于爱欲，步入歧途，引来无明②业火焚身，终于令他变成了山鬼。而过往的一切努力，也就统统前功尽弃。同样一个人，心思放纵则堕落成魔，心思收敛则证悟佛果，这位住持便是极好的例子。贫僧欲教化此鬼，使之归返人性，作为今夜承蒙款待的回报。"

主人听罢，欣慰万分，热泪盈眶，在席上磕头道："大师若真能行此善事，则国中之人如入净土矣！"

山村的夜，寂静安谧，连寺庙的钟声也听不到。下弦月的月光从破旧门缝泻入，使人惊觉，夜色已深。主人道："那么，就请您歇息吧！"告退出门，回到自己的寝室安眠。

次日申时，夕阳西斜，快庵禅师特意走访了那座位于村郊山上的庙宇。山寺显然已长久无人居住，寺门布满荆棘，经阁遍生

---

① 此例亦来自《五杂俎·卷五·人部一》。原文为："有游僧至山寺中，与数人宿，夜深闻羊声，顷便入室就睡者，连嗅之。僧觉，以禅杖痛击之，踣地，乃一裸体妇人也，将以送官，其家人奔至，罗拜乞命，遂舍之。他日僧出，见土官方执人生瘗之，问其从者曰：'捉得变鬼人也。'"

② 无明：无智、烦恼、不觉，于诸法事理无所明了，称为"无明"。无明是一切生死烦恼的根本。

青苔，殿堂中并排的佛像间蛛网缠绕，护摩坛①里燕子粪堆积，住持的禅房与走廊一派凄凉。快庵禅师入寺后，摇动锡杖，发出声响，唤道："我乃游历四方的云水僧，今晚能在此借宿么?"连唤数遍，无人应答。隔了片刻，才从僧房中慢吞吞地走出一个骨瘦如柴的僧人，踉踉跄跄、摇摇晃晃，仿佛站也站不稳。他嘶哑着嗓门，说道："看来大师是从远方而来路经本寺的。你有所不知，本寺因故荒废已久，早变成了一座空荡荡的破庙。寺里一粒米粮也无，哪怕一宿也无法招待客僧，你还是快下山去村里求宿吧!"

快庵禅师再度恳求道："贫僧自美浓国来，在前往奥州的途中，经过山下小村，见此地山清水秀，便想登山观赏一番。不觉间日影西沉，下山回村路途颇远，恳请院主大开方便之门，务必容许贫僧借宿一夜。"

寺僧道："这般荒凉破庙，绝非容身之所，何苦定要强留下来？不过，我也不好强撵你走，那就悉听尊便吧!"说罢，再不多言。快庵禅师遂在寺僧身旁盘膝坐下。

夕阳渐渐隐到山后，暮色沉沉，寺中也不点灯，漆黑一团，唯闻山涧流水潺潺。寺僧起身，自行回到僧房，四周了无声息，万籁俱寂。

夜阑更深，月上山头，明月将皎洁的清辉洒满整座寺庙，映得殿中亮堂堂。子夜时分，那寺僧忽然从僧房里出来，鬼头鬼脑地在殿内四下寻觅，却什么也没找到。他怒吼道："秃驴，你藏到哪里去了？应该就在这里的，为何不见了?"一边大吼着，一边反

---

① 护摩坛：又称光明坛、护摩火坛、军荼坛、火漫荼罗。"护摩"是梵语音译，意为"焚烧"；护摩坛即中央设火炉，焚烧供物之坛。

复搜寻快庵禅师。他却不知，自己已经来来去去从快庵的身前走过数次，但无论如何都看不到快庵。他在佛殿和庭院间来回狂奔，跳跃吼叫，终于体力不支，累倒在地。

旭日东升，天光大白，寺僧如醉初醒，一睁眼，见快庵禅师仍在昨日的位置上坐着，不曾移动分毫，不禁怔住了。他靠在柱子上，周身乏力，长吁短叹，默然无言。

快庵禅师走到他身旁，问道："院主何故叹息呢？若是腹中饥饿，就请享用贫僧身上的肉吧！"

寺僧道："大师整夜都坐在原地未动吗？"

快庵禅师答道："贫僧彻夜未眠，正襟危坐，一动不动。"

寺僧羞惭道："小僧泯灭人性，贪食人肉，不过确实还未尝过僧人之肉。大师真乃活佛现世，小僧被鬼眼障目，竟视而不见，真是惭愧啊！"说完，垂头无语。

快庵禅师道："听村里人说，你是为爱欲所陷，方才堕入饿鬼道，真是可悲可悯。此亦世间罕有之恶因恶报。你夜夜去村中残害村民，搅得山村不得安宁。贫僧闻之，不忍弃你于孽海，是特地来此寺中，盼能施予教化，使你归返人性。你肯听从贫僧教化么？"

寺僧答道："大师果然是活佛再世。如蒙救拔，教诲真理，小僧定弃恶从善，抛弃心中爱欲痴嗔。"

快庵禅师道："甚好。那么你随我到这边来！"说着，带领寺僧坐到廊檐前一块平整的石头上，脱下自己的青头巾，戴在寺僧头上。然后授给他两句证道歌，歌曰：

江月照，松风吹，

永夜清宵何所为。①

快庵禅师嘱咐道："你便静坐于此，不忙离开，慢慢领会这两句歌包含的真意。待你彻悟之后，自然就会恢复佛心。"

殷殷教导一番后，快庵禅师下山离去。从此村民们再也不见山鬼为祸，但那寺僧是生是死，也无从知晓。因为村民们仍心有余悸，不敢上山探视。

转眼一年过去。次年冬十月上旬，快庵禅师由奥州归来，再度途经富田村。他又去拜访上回借宿过的人家，并探听那寺僧的消息。主人欢喜相迎，说道："多亏大师弘法，那鬼僧再未进村害民，现在村民们都好像生活在极乐净土一般。只不过大伙儿谁也不敢上山，因此不知鬼僧后来的情况，料来也活不到如今了。今晚就请您在舍下安歇，为他祈祝冥福，阖村村民都会随您一起诵经祭吊。"

快庵禅师摇首道："不，那寺僧若已善果圆满，坐化升天，则贫僧乃是他的导引之师；如尚存人间，也算是我的徒弟。因此无论如何，我都要上山确认他的结果。"于是，二度登上村郊那座山。由于人迹罕至的缘故，山路已与去年来时完全不同。进到寺里一看，荻草和狗尾巴草长得有一人多高，将石阶掩蔽得难以辨认，草上洒下的露水好似下小雨一般。这般景象，与"舍中有三径"② 倒也相似。佛殿与经阁的门东倒西歪，住持的禅房和走廊，因受雨水浸蚀，已腐痕累累，生满青苔。

---

① 出自中国唐代玄觉禅师所撰《永嘉证道歌》。

② 语出汉·赵岐《三辅决录·逃名》："蒋诩归乡里，荆棘塞门，舍中有三径，不出，唯求仲、羊仲从之游。"后世以"三径"指隐者的家园。

快庵禅师又向寺僧打坐的廊檐下望去，模模糊糊地依稀似有一个人影。近身一看，那人须发蓬乱，已分不清是僧是俗，在丛生的杂草中端坐着，仿佛一尊石像，口中发出细如蚊蚋的低语声。快庵禅师凝神倾听，隐约听到寺僧念的正是证道歌：

江月照，松风吹，

永夜清宵何所为。

禅师见状，高举禅杖，大喝道："汝今何所生？汝今何所为？"当头一击，寺僧登时如煦阳融冰，化为乌有。只剩那领青头巾与尸骸白骨，残留于草叶上。长久以来的执迷不悟，终于烟消云散。佛理之至真可贵，由此可证！

快庵禅师大德之名，传颂遐迩，播于天下。众人皆云他是禅宗始祖达摩再世，到处都在称赞他的功德。村民们自发上山，一起将荒废的山寺清理干净、修葺一新，然后郑重迎接快庵禅师驻寺，出任住持。快庵禅师将原属密宗的山寺，改辟为曹洞宗的灵场。该寺至今仍广受尊崇，香火不绝。

[玖]

贫富论

当晚，左内刚刚睡下，忽然听见枕边传来脚步声，有人来到榻前。他睁眼一看，烛台下坐着一个矮小老翁，笑眯眯地望着自己。左内从榻上起身，抬头问道：『你是何人？来此做甚？若要强借米粮，也该来个年富力强的大汉。似你这等古稀老朽，孱弱不堪，怎敢来扰我清梦？难道是狐精作祟，欲施妖术？』

在陆奥国①蒲生氏乡的家臣中，有一个名叫冈左内的武士，誉高禄厚，名震关东。左内性情乖僻，热衷于追逐富贵，与其他武士的重义轻利截然相反。他平日里力求节俭、简朴持家，日积月累，家底日益殷实，成为当地有名的富人。

冈左内在习武练兵之余，不好以品茗玩香自娱，而喜欢将诸多金器陈列于大厅上，逐一把玩，悦目赏心。其陶然自得之趣，远胜过世人流连于花前月下。人们对此怪癖多有藐视，挖苦他是个吝啬鬼。

某日，左内听说家中一个服侍自己多年的仆人，积蓄了一锭黄金，便将那仆人唤到身旁，说道："昆山之璧，处乱世之中，亦与瓦砾无异。身为武士，生逢动荡岁月，首先期盼得到的，自然是棠溪、墨阳②出产的宝剑；其次，则要获取金银财宝。可是宝剑虽利，难敌千人；黄金之力，却可令天下人人拜服。因此，武士理应珍视黄金，妥善积贮，以备不时之需。你虽然地位卑贱，却努力积蓄以自身身份极难获得的黄金，真是值得钦佩。我要褒奖你！"遂打赏仆人黄金十两，并准许他出入佩刀。天下人闻之，多有赞语，言道："如此看来，左内敛财爱金，实与贪婪之辈不同。真称得上当世罕见的奇人！"

当晚，左内刚刚睡下，忽然听见枕边传来脚步声，有人来到榻前。他睁眼一看，烛台下坐着一个矮小老翁，笑眯眯地望着自己。左内从榻上起身，抬头问道："你是何人？来此做甚？若要强

---

① 陆奥国：属东山道，又称奥州。其领域大约相当于今日的福岛县、宫城县、岩手县、青森县、秋田县东北的鹿角市与小坂町。

② 棠溪、墨阳是中国古代著名的宝剑产地。《史记》载："天下之剑韩为众，一曰棠溪，二曰墨阳……"《战国策·韩策》亦载："韩卒之剑戟，皆出于冥山、棠溪、墨阳……"

借米粮，也该来个年富力强的大汉。似你这等古稀老朽，孱弱不堪，怎敢来扰我清梦？难道是狐精作祟，欲施妖术？嘿嘿，秋日夜长，无以为遣，你若有什么鬼蜮伎俩，尽管使出来，正好替我解闷。”左内毫不慌乱，眼望老翁，神色自若。

那老翁道：“在下既非魑魅，亦非凡人，而是大人所蓄藏的黄金中的精灵。多年来蒙至诚相待，感激不尽。今日见大人褒奖仆人黄金十两，不胜欣慰感慨。故而化作人身，冒昧前来拜访，欲与大人秉烛夜谈。虽是十无一益的闲话，但若憋在心里不说出来，总是抑郁难受。为此叨扰大人安眠，倍感歉疚。”他顿了顿，接着道：

“富而不骄，乃圣人之道。但刻薄之人常谓：富者多吝，豪者多愚。其实，这只是指晋之石崇、唐之王元宝等豺狼蛇蝎之徒而言。往古之时，富者皆是凭借审天时、察地利，顺其自然而发家。周之吕望，封于齐地，教民依地利之便置产创富，海边百姓因此趋利而来；齐国管仲，九合诸侯，一匡天下，虽只是臣子，其富却胜过列国之君。范蠡、子贡、白圭等，皆鬻货谋利，身家巨万。司马迁罗列上述诸公，撰《货殖列传》。后世学者却口诛笔伐，非议甚多，责其立论鄙陋。那一众学者实则是黯于世理也。孟子云：‘无恒产者无恒心。’农夫勤劳耕作，五谷丰登；工匠制造器具相助，商贾为其流通货物。大家各司其职，各凭本事置产发家，祭祖先、孝父母、育子孙，此乃人生于世的最大本分。除此之外，尚有何为?《史记·货殖列传》云：‘千金之子，不死于市。’又云：‘千金之家比一都之君，巨万者乃与王者同乐。’又有云：‘渊深而鱼生之，山深而兽往之，人富而仁义附焉。’此皆自然之理也！然而，只因为《论语》中有‘贫而乐’之句，使得诸多文人陷溺其中，迷惘终身。而赳赳武夫之辈，挽弓持矢，浑不知富足乃国之根本，只识攻伐之谋、杀人盈野，害人、毁物、失德，结果必是断子绝孙。此皆轻财货而重声名所累。窃以为，人心追名逐利，本质无二。然重名者，拘泥于文章学问，轻财贱物，自命清高，隐遁于山野，晴耕雨读，美其名曰君子固穷。此等人，名虽称‘贤士’，其所作所为，却绝非圣贤之举。黄金者，七宝①之首也，埋于地底，则四周充溢清泉，去污涤秽，隐发妙音。如此雅洁之物，岂能聚于愚钝贪吝者手中呢？今夜来此，直抒胸臆，多年郁积之幽愤怨闷一扫而光，当真痛快！”

左内听罢，深有同感，移座向前道：“阁下适才所述富贵之道，显微阐幽，与吾平日所思不谋而合。在下斗胆略抒己见，请多加指教。据阁下所言，世人轻藐黄金之德，而不知富贵乃人间大业，实属错谬。然则，酸儒书蠹之见，亦非毫无道理。当今世上，富贵之人十中有八贪婪阴险，凶残冷酷。有的自身享尽高官厚禄，却对兄弟亲眷中的贫弱者不加救助，更不体恤家中世代驱唤的奴仆；有的眼见邻人家道没落，不但不予援助，反趁火打劫，以贱价收买其田产，据为己有；有的虽被尊为村中长者，却抵赖不还早年欠债，对之礼让者，他却将人家看低一等。偶有故人逢年过节来访，则疑人必是上门借贷，诡称外出而拒人于门外。凡此种种，所在多有。还有一类人，对主君尽忠、对父母尽孝、对尊长尽礼、对贫者尽力，受到众人交口称赞。然而，他们空有高贵品德，隆冬严寒之际，仅有一衣御寒；三伏酷暑之时，仅得单衣一件，无以换洗。即使在丰收之年，早晚也只有一碗稀粥勉强

① 七宝的说法不尽相同，较常见的说法是指金、银、琉璃、珊瑚、琥珀、砗磲、玛瑙。

充饥。此类人不但朋友日渐疏远，就算是兄弟亲族亦与之断绝交往。心中痛苦难言，穷困潦倒终了一生。那么，他们是懒散不肯努力吗？不。他们每天早起晚睡，尽心竭力，东奔西跑，无片刻闲暇。那么，他们是愚笨吗？也不。只因为怀才不遇，结果就连颜回一箪食、一瓢饮的清贫之乐也无缘享受。依佛教之观，则谓此乃前世种因、今生受果；依儒家之论，则云此系天命。倘若真有来世，那么人们还能指望今生积累阴德，到来世获得善报；即便今生抑郁不平，也能得到抑制。由此看来，富贵之道，佛教的解释切中事理，而在儒家则得不到解决。不知您是否笃信佛教？如吾言中有误，望能予以指正。”

老翁道：“大人所问之事，古来便争论不休，迄无定论。依佛法阐释，贫富之别系由前世善恶所定。此一论断，不过略为概述因果循环之理。倘若前世努力修行，以慈悲为怀，善待他人，今生便能投胎于富贵之家。那么，世间富人多有凭借财势欺压贫弱者，他们言语鄙俗、举止粗野、心地卑劣，令前世的功德善行，到今生堕落不堪。这又是怎样的因果报应呢？听说佛与菩萨都极其憎厌名利，为何又局囿于贫富之事呢？由此可知，所谓富贵乃前世积德善报，贫贱系前世作恶恶报，都是诓骗无知愚妇的妄谈。不计较贫富报应的人，一心一意只管积善，即使其本身未得福报，子孙也必得膏泽荫庇。《中庸》有云：‘宗庙飨之，子孙保之。’所言正是此中微妙之理。如果本身行善，是为了冀望有善报于己，这就不是真心行善。另有作恶多端、贪财残酷之人，不但荣华富贵，而且长寿善终。对此在下别有管见，请大人细听。

“在下非神非佛，本是无欲无情的黄金之精，暂化人形来与大人谈贫论富，故而所思所想与凡人不同。古时的富人，明天时察地利，靠努力经营置产发家。其过程顺应天道，利人利己，财富聚拢到他们手里合乎自然法则。又有一类人，贪敛无度，亲金银赛过父母，平常节衣缩食，甚至连宝贵的性命也不加珍惜，朝思暮想、念念不忘的唯有金钱。这种人靠着吝啬积财致富，也是有因可循。在下非神非佛，无欲无情，既无判断善恶之能力，亦无穷究其理之必要。奖善惩恶是天、神、佛的事，他们所做的，就是要维持人间正道，非在下这等精灵所能及。在下只知道，谁惜我爱我、重我厚我，便趋近于谁。这便是黄金的聚拢与人心善恶无关的原因。还有，某些富人想要缔结善缘，无缘无故随意施惠，不察贤愚便来者不拒，一概予以金钱。此种人即便有善根，其金银财富也终将散尽。原因在于他们仅知黄金可用，不识黄金有德，视金钱如粪土，肆意挥霍，焉得不败？另外有些人，虽然品行敦厚，赤忱待人，但时运不济，挨苦受穷。上天对他们所赐极薄，尽管忙碌一生，却与富贵无缘。因此，古之贤人求有益则求，无益则不求。退隐山林，飘然出尘，其行止洒脱逍遥，其心境恬淡高远，实是可钦可敬。

“虽然如此，但生财亦需有术。巧者善于聚财，拙者散财比土崩瓦解更快。我等金银之精追随人们的事业兴衰而流转，并无固定主人，今日聚于此，明日聚于彼，依照人们的所作所为，如流水一般，不舍昼夜，来去无休。游手好闲、不务产业者，即使财富多如滔滔江海，也会坐吃山空，消耗殆尽。

“请恕在下一直喋喋不休。我已反复强调，财富的生聚，其实与人的德行并无直接关联。君子爱财，也不必去说三道四。富者或遇机缘，或克制节俭，或勤劳经营，发迹致富，众人服膺理所当然。我等黄金之精，既不知佛法所谓因果报应，也与儒家所说天命毫无干系，不过是游戏人间罢了。”

左内听罢，愈发兴致勃勃，道：“阁下卓识妙论，令我茅塞顿开，积年疑惑雪融冰消。不过仍有不明之处，尚请赐教。当今丰臣氏威震四海，五畿七道①虽表面上已日趋升平，但亡国而谋再起之士，潜隐各地，他们托庇于大国之主，静观时势，一旦天下有变，必图复国，再兴主家。而百姓们也不认可真正的和平已经到来，他们仍处于战国状态，随时可抛弃农耕转执刀枪；武士们更是难以高枕无忧。此种状况，绝非长治久安之道。究竟谁能一统天下，使苍生安居乐业呢？届时，您又将趋附于何人呢？”

老翁答道：“人间气运兴亡，非我等精灵所能知晓。若单以富贵之道而论，武田信玄谋略超群，一生智计百出，其威权虽只限于三国②之内，但一代名将的美誉却举世称颂。据闻他临终时曾言：‘织田信长③真乃幸运儿，吾以往太过轻视于他，以致未及时讨伐，如今病倒不起，方才后悔莫及。用不了多久，武田家的子

---

① 五畿七道是古代日本全土在律令制下的行政区域划分。“五畿”指京畿区域内的五国，又称“畿内”或“五畿内”。京畿之外则仿中国唐制，以“道”称之，共分为“七道”。五畿是：山城、大和、河内、和泉、摄津；七道是：东海、东山、北陆、山阳、山阴、南海和西海。

② 武田信玄（1521～1573），日本战国时代名将，号称“甲斐之虎”，以“风林火山”为军旗，开创“甲州流”兵法。其用兵方略与为政之道，在日本战国史上颇具影响。因长期与上杉谦信争斗，双方势均力敌，彼此的实力都被大大牵制，故而武田家领地主要只在甲斐、信浓、骏河三国。

③ 织田信长（1534～1582），日本承前启后、绝世无双的一代枭雄，被誉为“战国风云儿”，安土时代之开创者。1560年，织田信长在“桶狭间合战”中大败今川氏，登上历史舞台。此后，他以“天下布武”为目标，征战四方，几乎结束战国乱世。1582年6月2日，织田家重臣明智光秀背叛，率军猛攻夜宿本能寺的织田信长。织田信长纵火自焚，结束了波澜壮阔的一生，终年四十九岁。

孙就要亡于他手了。’与信玄并立的上杉谦信①，也是武勇过人的英杰。信玄死后，本来谦信可以天下无敌，可惜不久后也英年早逝。信长的见识气量，固然出类拔萃，但智谋逊于信玄、武勇不及谦信，只因善于经营，独占富贵②，才一度称雄天下。惜乎为人刚愎自用，终因辱及家臣，遭反叛而死于非命。由此观之，信长亦非文武兼备的治国良才。秀吉③素有凌云之志，无奈出身寒微，因羡慕柴田胜家、丹羽长秀的富贵，遂从二人姓氏中各取一字，改姓羽柴。如今秀吉化龙飞升太虚，或许早将当初蛰伏浅池时的境遇忘得一干二净了。秀吉虽化龙飞升，但穷究其底，亦不过蛟蜃之类，并非真龙，至多三年，其势必衰。丰臣一族，富贵难以久长。

“自古以来，凡骄奢无度者当政，绝难长久；但若过于节俭，又会陷于吝啬。故而明察节俭与吝啬之界限，甚为重要。今秀吉秉政万难长久，但万民安居乐业，家家讴歌称颂的千秋盛世，即将来临。吾有八字真言，赐君牢记。”说罢高声咏道：

---

① 上杉谦信（1530～1578），日本战国时代与武田信玄并称的一代名将，号称“越后之龙”。其笃信佛教，崇尚“义”，自称毗沙门天转世，出家后法号“不识庵谦信”。因拥有极高的军事统率才能，被誉为“战国军神”。

② 织田信长是战国时代最重视商业的大名，他开金矿、撤关所、设立乐市，鼓励商业流通与自由贸易，奖励技术革新，同时积极谋取对贸易基地堺港的控制权。一系列得力的商业政策，使信长获得了大笔财富。

③ 丰臣秀吉（1536～1598），出身卑微的贫农之子，初名木下藤吉郎。1554年投奔织田信长，屡立功勋，逐步升迁为信长麾下独当一面的大将。1582年信长死于“本能寺之变”，秀吉立即从前线回师，讨灭叛乱的明智光秀，随后又于贱岳之战击败柴田胜家，成为织田信长的实际继承者。他接过信长的旗帜，延续信长的战略，最终压倒群雄，在名义上结束了战国乱世。1586年，秀吉受朝廷赐姓“丰臣”，并就任关白。1591年，他将关白之位让给外甥丰臣秀次，自称太阁。1592年，秀吉出兵攻伐朝鲜，损失惨重。1598年8月，秀吉病逝于伏见城。

尧蓂日杲①，百姓归家。

二人一夜长谈，至此尽兴。远方传来寺院的钟声，已是五更。老翁道："彻夜清谈，有扰安眠。目下天将破晓，在下告辞了。"站起身来，霎时间消失无踪。

左内仔细回思夜间所闻，揣摩歌中含义，慢慢领悟了"百姓归家"② 的真谛，深以为然。由此推想到"尧蓂日杲"四字，正是寓意着"瑞草生，旭日明"的吉兆！

---

① 尧蓂，传说帝尧阶前所生的瑞草。日杲，日出光明。

② "百姓归家"意为百姓归于家康。丰臣秀吉死后，德川家康在 1600 年的关原之战中击败忠于丰臣家的石田三成，基本上掌握了全国政权。1603 年，他在江户开设德川幕府。1615 年"大坂夏之阵"，德川家彻底灭亡丰臣氏，实现了"元和偃武"。德川家康在真正意义上统一了日本全国。

序

春雨霏霏，经夜不歇。清冷静谧间，拂纸研墨，欲挥毫直抒胸臆，又感心怀空洞，渺无可书之事。思撰物语故事，又恐力不能及。然吾区区穷乡之叟，才疏学浅，除此又能何为乎？念往昔受诓于史籍，而今亦不妨为文诳惑他人，图一乐也！纵然事属杜撰，未必逊于信史。一念及此，遂不揣浅薄，提笔撰述。推窗而望，绵绵春雨，似欲润吾枯肠，淅淅沥沥，淅淅沥沥。

［壹］

血溅宫闱

自鸿蒙初辟、天神创世，吾国已历五十一代天皇，如今在位的乃是天推国高彦天皇①。是年，天下五畿七道风调雨顺，无旱无涝；五谷丰登、四海清澄，百姓鼓腹而歌，好一派太平盛世之气象。良禽无须择木，自能安栖；贤臣无须择主，自有任用。为纪此升平年景，朝廷图书寮②遍搜唐国典籍，上奏天皇，改年号为“大同”③。

大同元年，平城天皇即位未久，即下诏为皇太弟神野亲王营建东宫御所，命他迁居其中。如此优礼厚待，盖因先皇在世之日，曾特别恩宠神野亲王，故而遗泽荫庇至今。神野亲王天资聪颖，博览经史、贯通古今，兼且雅擅草隶。就连隔海的唐国，也有人极为欣赏他的书法，求其惠赠题字。

那时唐国的皇帝乃是宪宗，听遣唐使盛赞平城天皇德政，便派遣使者来国，互市贸易。新罗国哀庄王④亦与本朝通好，循例进奉贡品数十船。

平城天皇因体弱多病，继位不久便欲将皇位让与皇太弟神野亲王，但殿上公卿众口一词，纷纷劝谏道：“兹事体大，还望吾皇三思。”

某日夜间，平城天皇于眠中得一奇梦，梦中见先皇面向自己，纵声吟咏短歌道：

---

① 高彦天皇，即平城天皇，其谥号为“日本根子天推国高彦尊”。他于785年被立为太子，806年因桓武天皇驾崩而继位。809年时，由于身体病弱，让位给异母弟嵯峨天皇。

② 图书寮：日本古代负责书籍管理、国史编纂的部门，也担当佛经、佛像的管理。

③ 延历二十五年五月十八日（公元806年6月8日），日本改元“大同”。

④ 哀庄王：姓金名清明，后改重熙，是新罗第40代君主。

晨起未闻鹿鸣，夜深踌躇难返。

天皇一惊而醒，细细咀嚼歌中含义，悟到先皇是希望自己早日让位。

又一日夜间，天皇梦见有使者携来先皇口谕，当殿宣道："早良亲王①之亡灵，因无后裔子息供养，遂至柏原御陵②向朕陈情，请求予以修庙供奉。朕已应允，你速去办理。"

平城天皇醒来后疑惧交迸，颇觉这些怪梦均因自己优柔寡断而起。慌忙召来法师、神官，登临祭坛，为早良亲王祓禊超度。

大臣藤原仲成与其妹药子，竭力劝阻天皇道："《周礼》虽载：观天地之会，辨阴阳之气，以日、月、星、辰可占六梦③之凶吉。然则，陛下难道真的要以幽暗不明之梦，来裁断乾坤纲常？陛下不过是气血虚弱，遂为邪佞所趁罢了。"当下传令，命御医出云国广成对症制药，为天皇调养御体。

公卿臣僚们也聚集在一块儿，商议对策。他们决定派遣祓禊神官前往全国各地的神社，同时召伯耆国高僧玄宾法师进京。玄

---

① 早良亲王：桓武天皇之弟，因卷入藤原种继被暗杀事件，遭到流放。早良亲王坚持自己无罪，最终屈死于流放地。他死后桓武天皇家灾祸不断，皇太后与皇后相继去世，宫中又出现灵异事件，皇太子也病入膏肓。桓武天皇卜筮问占，阴阳寮认为是早良亲王的怨灵作祟。于是桓武天皇为早良亲王修庙建寺，并追封为"崇道天皇"。

② 柏原御陵系桓武天皇陵寝，位于京都市伏见区深草坊町。

③ 《周礼》六梦：一曰正梦；二曰噩梦；三曰思梦；四曰寤梦；五曰喜梦；六曰惧梦。

宾法师曾任僧都①职司，后因看不惯弓削道镜②倒行逆施，愤而辞官，隐遁山野。此番奉诏入宫驱魔，他全力施为，七日之后，魔氛尽散，遂启禀天皇，恳求准予辞行。天皇身心渐安，喜慰之下，欲留玄宾多宿几日。但玄宾似有所悟，竟无视天皇意旨，自行归返伯耆国去了。

另一方面，藤原仲成与药子千方百计地献媚逢迎天皇，明里处处投天皇所好，暗中则处心积虑，想方设法离间天皇的左右大臣。天皇虽略有察觉，却一笑了之，并不深究。皇宫中照常夜夜笙歌，美貌少年与娇艳少女重重环绕，翩翩起舞，齐声高唱天皇御制短歌，歌云：

雄鹿呦呦觅佳偶，圣心如露溶寒霜。

药子见天皇兴致颇高，频频举杯，也即翥凤翔鸾，起舞助兴。她挥团扇拂长袖，歌道：

三轮神社门开敞，吾皇千秋万古存。

歌舞尽兴，次日天皇神采奕奕，上朝理政不提。

且说那神野亲王工于文藻、玄鉴宏达，难免受小人嫉妒，屡

---

① 僧都：日本模仿中国之制设立的统率僧尼的官名。职位次于僧正、僧统。

② 弓削道镜（？～772），日本奈良末期僧人。752 年进宫中道场，因受孝谦女皇宠信，一路高升，766 年授法王位。他大力推行佛教政治，俨然“无发天皇”，被反对者称为“妖僧”。后因篡夺皇位失败，被流放到下野国药师寺，卒于此地。

有谗言入于平城天皇之耳。天皇每逢小人进谗，总是默忖道：“本朝自皇祖神武天皇①仗剑东征、举矛开国以降，直至第十代崇神天皇，史书皆无详细记载②，《日本书纪》对此亦不得要领。此后儒教由汉土传入，国人本应以圣贤之教律己、以圣贤之道待人，惩恶扬善，恢宏正气。可惜世风日下，奸邪当道，满目巧言令色之徒，搅得天下扰攘难安。朕虽疏于读书，才疏学浅，却也知遵照圣贤教诲，黜邪崇正，如此方是治国之道。”遂不理谗谤流言。

某日天清气朗，万里无云，突然云天之上传来“隆隆”震响声。正在大殿上打坐的空海大师急忙默诵咒文，手持念珠大喝一声，从空中掉下一个奇形怪状的物体。大家围拢一看，竟是蛮人乘飞车来此。空海大师将其擒住，置于箱中。又命人将箱子抛入难波津。忌部滨成③在怪物陨落处掘地三尺，朝天祷告，以逐邪气。此事甚奇，不知何解。

再说皇太弟神野亲王，这日亲往柏原御陵，参拜父皇陵寝。他在桓武天皇陵前献上一道密奏，奏文内容除亲王本人外，他人全不知晓。

翌日，平城天皇亦至御陵参拜。公卿百官前呼后拥，左右大将、中将佩剑持戈，护卫御辇。珍馐美味、金银币帛摆满供台，松柏树上彩绦飞舞。如此盛况，唯有上古神之世代时，方能与之

---

① 神武天皇：日本开国之祖，第一代天皇，传说他建立了最早的大和王权。

② 崇神天皇是最早可考的天皇，在他之前的九代天皇，第一代神武天皇的传说含有大量神话色彩，不能确定是否真的存在过。自第二代绥靖天皇到第九代开化天皇之间的八代天皇，在日本史书上仅有年表（即位、系谱），而治理事迹却付之阙如，故被称为“阙史八代”。

③ 主管祭祀的部门叫“忌部”，管理忌部的氏族便称为“忌部氏”。

相类。雅乐寮①的笛师、唐乐师、腰鼓师、伎乐师等，分列左右，笙笛鼓乐、急管繁弦，就连寻常车夫、兵卒，也听得如痴如醉。

忽然，铅云低垂，天色登转晦暗。乌云由山后翻涌而至，四周漆黑一片。文臣们慌忙扶天皇上了御辇，武将及卫士们在车辇旁护卫，众人保着天皇回到了皇宫。

在“陛下返宫”的高呼中，大伴氏人②急急开启宫门。御医们听说天皇受惊，迅速调配好良药，送入御所。天皇虽安然无恙，但心中已认定拜陵时所遇之事，乃是先皇催己让位的警兆。他持杯在手，以双岗蕨调味，吃着一条栗栖野河中的鲙鱼，默然沉吟。当晚明月皎洁，布谷鸟的鸣啼清脆悠远。过了片刻，天皇步入寝殿安眠。

次日清晨，召空海大师殿前问对。天皇问道：“上古的三皇五帝暂且不提，请大师讲讲后来的帝王是怎样治国的?”空海回禀道：“无论何邦何国，皆是先立礼教方才开国的。昔时殷汤‘网开三面，德及禽兽’③，便是得民心之道。望吾皇勤勉政务，事必躬亲，使黎民百姓能日出而作，日入而息，饥则得食，渴则得饮。若如此则民风淳朴，苍生不生非分之想，天下垂拱而治矣!”

天皇颔首赞许，深以为然。

皇太弟神野亲王此时也在殿上，与天皇一起听空海大师纵论

---

① 雅乐寮是古代日本乐舞的教育机构。

② 大伴氏是古日本强势氏族之一，系以服务皇室的职业名为姓氏的家族。氏族首领称为“氏上”，同族成员称为“氏人”。

③ 把捕禽的网撤去三面，只留一面。比喻采取宽大态度，给人一条出路。见《史记·殷本纪》：“汤出，见野张网四面，祝曰：‘自天下四方，皆入吾网。’汤曰：‘嘻，尽之矣!’乃去其三面。祝曰：‘欲左，左；欲右，右。不用命，乃入吾网。’诸侯闻之，曰：‘汤德至矣，及禽兽。’”

古今。天皇问神野亲王道：“周朝享国八百余年、炎汉享国四百余年，你且说说，它们是如何令国家长治久安的?”神野亲王向来慎思明辨，默忖片刻，答道：“周与汉享国虽久，但周开国七十余年后，国力便日趋衰弱①；而汉高祖尸骨未寒，吕后已篡权乱政。凡此种种，皆非秉政者所能预料。故而长治久安，并不全凭人力。”

平城天皇道：“皇弟所言，难道是指‘天意’？‘天’者，乃皇祖天照大御神光照大地之处。又有谓‘高高在上，空空旷旷’即天。儒者言：‘天即主宰，主命禄。’佛家则云：‘天，十界之一，天众所居，有乐、善、妙、高、胜之趣。天帝时常聆听佛理。’然天命渺渺、天数难测，众说纷纭，歧义多端。到底何为‘天意’？实在令人费解。”

皇太弟听毕，沉默不语，躬身退出大殿。

翌日早朝，平城天皇颁旨退位，让皇位于神野亲王。神野亲王上表固辞，云：“天下神器，不可轻传。皇业大宝，非圣不践。”平城天皇坚持让位，神野亲王遂即位登基，是为嵯峨天皇。

平城上皇退位后，打算迁居旧都奈良。从元明天皇②到桓武天皇，皆定都于奈良，历七代之久。有首歌如此赞颂奈良城：

如花开之盛，若花绽之芳，欣欣向荣。

---

① 《史记·周本纪》：“昭王之时，王道微缺。”从周武王算起，到周昭王时，正是七十余年。

② 元明天皇（661～721）：日本第43代天皇，女天皇。在位时模仿唐都长安，建平城京。710年迁都平城京（奈良古称），开创奈良时代。

上皇因为忆起这首歌，所以决定搬到奈良安居。

选好吉日，平城上皇一行出了京都，望奈良而来。銮舆行至宇治川沿岸，上皇令暂且在此歇一歇。他远眺河川，咏道：

武者勇无俦，尽忠奉君皇。吾愿前方奈良道，万代平坦似板桥。

咏毕，命歌人连唱七遍。上皇兴犹未尽，举杯道：“虽不见渔人翻波逐浪，沙洲上却有水鸟群聚嬉闹。会此妙景，当浮一大白。”药子忙为上皇斟满美酒，上皇吩咐道：“就以此地地名为题，诸位卿家各咏歌一首，如何?”

药子先咏一首，道：

丹霞映红朝日山，宇治河风穿衣袖。

上皇笑道：“河风凉爽，甚快胸臆。”

左中将藤原惟成也跟着吟咏一首，歌曰：

愿侍君上渡川去，敬祝圣皇无烦忧。

兵部大辅橘三继也和道：

两岸繁花似丽姝，山吹花开迎吾皇。

上皇笑道：“爱卿歌中的山吹花①，可是来自藤原京一带？那儿乃是飞鸟②旧都，还留有大草香皇子的宫殿呢！”

当天上皇与众臣僚还咏了不少歌，毋庸一一赘录。

当晚在奈良坂游宴，上皇问道：“常见人以‘侧柏’入诗，‘侧柏’寓意着什么?”药子答道：“侧柏的叶子正反两面都相同，比喻人心在表面上看不出好坏。不过，侍奉吾皇的大臣，全都忠心耿耿，不会有不测之徒。”上皇颔首微笑。是夜，寝于旧宫。

第二天清晨，内侍高卷珠帘，上皇远眺四方。东面是春日山、高圆山、三轮山诸山，逶迤绵亘；南面鹰鞭山高耸入云；西面葛城山、生驹山，山色如黛，葱郁青翠。上皇自言自语道：“本朝定都奈良，历史悠久。不知何故，先皇要将帝都北迁至平安京③?”正沉吟间，有人禀道：“北面乃元明、元正、圣武三位先皇的陵寝。”上皇忙垂首恭立，遥向北面而拜。此时，奈良旧都古刹林立，佛塔遍布，城中尚有众多百姓未曾迁往京都，繁华一如往昔。

上皇因要参拜东大寺毗卢舍那佛④，用过早膳便起驾离宫。至寺中，佛像高大，上皇昂首仰视，惊叹道：“真是宏伟啊！毗卢舍那佛诞于西方极乐净土，而今以陆奥之金粉涂身，愈发熠熠生

---

① 日本称棣棠花为“山吹”，自古以来即是诗人吟咏的对象。诗人认为山吹花开之时，是山魂苏醒的季节，为大地带来光明的色彩，象征着希望与美好的未来。

② 飞鸟时代：始于592年推古天皇迁都飞鸟，止于710年元明天皇迁都平城京。上承古坟时代，下启奈良时代。

③ 公元794年，桓武天皇将首都从奈良迁到平安京（现在的京都），开启平安时代。

④ 毗卢舍那佛（梵文Vairocana），又译为“毗卢折那”、“毗卢遮那”、“卢舍那佛”、“遮那佛”、“大日如来”。原出自《华严经》，是释迦牟尼的别称。但因译音不同，造成后世各宗派对此有不同的解释。

辉、光华耀人。”寺中法师禀道：“此尊佛像系依《华严经》中所描述的佛相塑成。我佛如来善能变化，身躯缩小可容于谷粒中。唐时肖像渡海传入本朝，佛像脚底镌有‘开元’年号。天竺国曾三度大兴土木，营造佛像。佛像高五尺余，显如来真容。望吾皇体惜民役劳苦，勿效天竺之扰民。”上皇脸色微变，却并不发作，只寂然无言。此亦上皇性情柔善，令人敬仰之处。平日里即使是对药子、仲成等人的挑拨离间，上皇亦未见责，至多整整御乌帽子①，庄容正色以表明态度罢了。

进膳时，上皇怒气已消，霁颜道：“难波渔夫贡奉鲜鱼那段故事，是否就发生在这附近？”

药子答道：“昔年应神天皇立幼子菟道稚郎子为皇太子，应神天皇驾崩后，按照他生前遗嘱，群臣欲立菟道太子为皇。但菟道太子言道：‘岂有兄长在，而幼弟为君者？此事有违圣人教诲。’遂要将皇位让给大鷦鷯皇子。大鷦鷯皇子认为先帝遗志不得违背，也不肯即位为君。于是兄弟二人推来让去，竟使皇位空了三年之久。那时因兄弟相让，难波的渔夫进贡鲜鱼，都不知该送往何处，以致鲜鱼俱都腐烂。后来菟道太子为了使兄长不再为难，终于一死了之。大鷦鷯皇子这才即位，是为仁德天皇。百姓感佩不已，尊之为‘圣王’。兄弟二人的事迹代代相传，流芳百世。

“推古论今，陛下您也是将皇位让与兄弟，在位仅四年便隐退奈良。天下百姓及文武大臣对此都极为失望。人人皆言：‘而今在位的天皇，熟读唐书史籍，定是效仿唐国恶弊，篡夺了上皇大政。’”

---

① 乌帽子：以薄纱或是丝绢制成，外表涂一层黑漆，重量很轻。乌帽子的种类很多，公家一般戴挺直的“立乌帽子”。

上皇听药子如此说，连忙摇手阻止道："不可胡言！"

药子却继续道："陛下理应明白，如今群臣都盼着您能回京复位呢！"

嵯峨天皇的数名心腹当时也在场，听了这话，心中嘀咕，私下交头接耳，小声议论。

仲成跟着奏道："陛下对外可推说御体有疾，退位只是一时权宜之计。如今御体痊可，可复位执政。若现任天皇意有不满，臣右兵卫督愿领兵进抵奈良山、泉川，宣示陛下天威。"

不久后，一首谶谣在京都内外传得沸沸扬扬：

南国春暖鲜花开，北窗飘雪人心寒。

谶谣传入朝中，嵯峨天皇立即召来奈良近臣一一查问。有人出首道："谋逆之事皆系药子、仲成二人主谋。今年春正月，照例须向奈良内廷贡奉药材三种，然只得屠苏、白散，未见度嶂①。上皇询问因由，药子泪下沾襟，泣道：'臣不敢献度嶂。只因度嶂二字，有渡过险嶂之意。奈良坂虽宽顺平坦，奈良青山却层峦叠嶂，阻挡着陛下的前路。陛下既无法渡过那险嶂峭壁，回到京都，臣又怎敢献度嶂？大和国的贡物也因此未能尽数贡上。'……以上即药子在上皇御前所言，其他的话，微臣便不知晓了。唉，欣逢盛世，药子、仲成却意图不轨，为一己私利，欲陷苍生于干戈，真是令人悲叹。"

嵯峨天皇查察属实后，立即派遣官兵，擒拿仲成，枭首悬尸

---

① 屠苏：汉末名医华佗创制的药酒，具有益气温阳、祛风散寒的功效。白散、度嶂均为方剂名。

于奈良坂示众。药子也被软禁起来。

高丘亲王乃上皇第三子，本已定为储君。受“药子之变”连累，嵯峨天皇对上皇颇有顾忌，遂废高丘亲王太子之位，下诏令其削发为僧。亲王出家后，法名真如，先是师从道诠学习三论①，后又拜在高僧空海门下，潜修真言宗奥义。贞观三年②，真如出海入唐。学成后，又一路翻越葱岭，过罗越国③，返回本朝。朝野上下钦佩不已，都希望他登基为君。

再说药子遭软禁于幽宫后，不但毫无悔过之心，反怨气郁积，难以纾解，终于横刀自刎，血溅宫闱。血迹洇染在丝质帷屏上，始终不干。据闻曾有勇者以矢射之、以刀劈之，箭折刀钝，皆不能入。世人无不惊悚。

上皇对此却概不知情，只以自身失于检点之故，发愿出家。史载上皇终年五十二岁。

---

① 三论是佛教三论宗的经典。三论宗：因依《中论》、《十二门论》和《百论》三论立宗，故名。

② 此处的“贞观”，是日本清和天皇的年号，不是唐太宗李世民的年号。上田秋成计算有误，高丘亲王是贞观四年（862）率僧俗六十人乘船前往唐土，不是贞观三年（861）。

③ 罗越国：马来半岛南部的古国。

［贰］

天津处女

嵯峨天皇英才明睿，以贤德治世，海内晏平。他大力推行“唐化”，国内一切典章制度、生活方式，均效仿唐制，以至于本朝唐风大兴，原有的本土风尚一时尽失。就连皇女作歌，也刻意用些“非草非木乃是竹”、“吹毛求疵”之类的半夹生汉文，使得和歌咏唱者，几乎无法开口。

回思平城上皇御宇，仅得四年便退位下野，许多人为此扼腕叹息，免不了暗中议论，言道上皇或有复位之念。嵯峨天皇亦对上皇有恻隐之心，乃下诏册封御弟大伴亲王①为皇太弟，以慰上皇之心。世人皆赞嵯峨天皇胸襟博大、深谋远虑。

嵯峨天皇在位十四年，退位后于嵯峨云山之阴，效法尧帝，建造了一座“茅茨不翦”② 的别宫。之所以如此，系因先皇所经营的平城京，在结构上与唐国都城相似，不合本朝旧制。嵯峨天皇希望借新建的别宫，重现昔年瑞篱宫③的简朴无华。

在定都平安京之前，桓武天皇曾先将国都迁至长冈京，但公卿大臣们纷纷抱怨长冈地狭逼仄，不愿迁移。每天上朝时，都要由平城京赶到长冈京，散朝后再赶回家，十分不便。而平城京的普通百姓，也大多不愿移居新都。桓武天皇的初次迁都，因此陷入窘境。于是，天皇又建平安京，再度迁都于此。新都奠基之日，天皇特意向丰岩真户、栉岩窗等神祷告祈福。后来平安京果然繁

---

① 大伴亲王（786～840）：桓武天皇第三皇子，810 年被立为皇太弟，823 年登基，是为淳和天皇。

② 茅茨不翦：崇尚俭朴，不事修饰。《墨子·三辩》：“昔者尧舜有茅茨者，且以为礼，且以为乐。”又《韩非子·五蠹》：“尧之王天下也，茅茨不翦。”

③ 日本第十代崇神天皇迁都矶城，称瑞篱宫。整个宫殿被篱笆围绕起来，在入口处，用自然圆木做成简易宫门。

荣兴盛，王公大臣的豪宅别苑鳞次栉比，比诸奈良更显繁华。

再说嵯峨上皇退位隐居时，正值壮年。他学识渊博，堪比汉之贾谊，常在别宫向随侍近臣推荐汉书，自己更是孜孜不倦地苦练书法。为了精研草隶，还派人渡海前往唐国，搜购了大量名家真迹。

某日，空海入宫觐见嵯峨上皇。上皇取出一卷书帖，道："此帖乃王羲之真迹，近日方才购得，请大师品鉴。"空海接过，浏览一番后，笑道："陛下明鉴，此帖其实是贫僧在唐国时，临摹王羲之的习作。"说着，翻过书帖，只见在背面不显眼的一个角落里，果然写着"日本释空海"字样。当着群臣的面，上皇失了颜面，颇为不快。

空海精擅书法，被称为"五笔和尚"。"五笔"指的是"篆、隶、真、草、行"五种书体皆工①。

上皇退位后，皇太弟大伴亲王即位，称淳和天皇。次年改年号为"天长"。当年秋七月七日，奈良的平城上皇驾崩，谥号"日本根子天推国高彦尊"。

嵯峨上皇识见非凡，力倡唐化，使国家万象更新。淳和天皇登基后，仍沿用上皇的典章律令，以儒教之道治天下。同时还大力推进佛法的传扬，置佛祖于天皇之上。于是各地广建佛堂佛塔，而那些博学多闻、灵验素著的高僧们，虽不像公卿大臣那样上朝奏事，却也能时常参与议政。新皇的律令自然也受到僧侣和佛家

---

① 空海是"和式书道"，即日本书法的创始人，其书法最高杰作是《风信帖》。相传唐朝皇宫墙上的王羲之墨迹，因年久而残缺不全，唐德宗（一说唐宪宗）命空海填补阙字。空海挥毫而就，竟与书圣的真迹一般无二，唐皇遂赞誉他为"五笔和尚"。

思想的影响，以致人们都在暗地里议论道：“如来大智。陛下为求冥福，看来已经被无边佛法网住了。”

再说中纳言和气清麿，曾于高雄山兴建神愿寺。其后妖僧道镜伪造宇佐八幡神宫的神谕，企图篡夺皇位。清麿不畏淫威，向女皇阐明神谕真相，因此被盛怒的道镜贬谪为因幡员外介。后来道镜又借故将清麿贬为庶民，流放到大隅。直至称德女皇晏驾，清麿才回到京城。他的忠诚耿直虽然受到人们的敬重，但一直到老，都只在中纳言的官位上，再未晋升过。市井传闻，他是因为得罪了小人，受到恶言毁谤，所以即使他在老家备前国大兴水利、安置流民，立下大功，依然无法获得升迁。真是可惜可叹。后来人们将神愿寺改名为神护寺，就是为了纪念清麿曾经保护神德不受亵渎的功劳。

天长十年，淳和天皇让位给皇太子正良亲王。如此一来，就出现了嵯峨、淳和两位上皇坐镇幕后的局面，实乃亘古未有。即便是在唐国，也没有这样的情形发生。

正良亲王即位后，称仁明天皇，改年号为“承和”。自改元以来，佛事日隆，儒学却发展渐缓。就好比并行的车轮，突然有一边出现问题，车速不得不放慢下来。之所以如此，乃因仁明天皇心羡唐国佛教兴盛，遂生骄奢攀比之心。说到底，便是虚荣心在作怪。

仁明天皇在位时，有个六位藏人叫良岑宗贞，因聪明颖悟，颇有才学，受到天皇青睐，被召入内宫。一开始天皇只让他吟诗作文，后来宠信日深，连朝廷政事也经常问计于他。宗贞生性狡黠，知道自己不谙政事，遂深自藏拙，对朝政从不多言。但每逢天皇问及诗歌、乐舞时，必竭尽全力，引经据典，所言往往出乎天皇意料之外，天皇因此愈发恩宠他。

宗贞为人贪花好色，一日，天皇同他商议丰明节会的事宜，他便趁机提议增加舞姬的人数，说道：“昔年清见原天皇避祸于吉野时，有五位天女自瑞云间降下，翩翩起舞，抚慰天皇。后来五天女下凡便成了预示天皇登基的吉兆。因此，微臣认为在丰明节会上再增设五名美貌舞姬，正合五天女的古例，甚有必要。”仁明天皇与宗贞一样好色，听了这话正中下怀，当即准奏。于是立刻降旨，从今冬开始的节会上，增设五名舞姬助兴。大臣、纳言、参议等人争先恐后地将自家的女儿打扮得花枝招展，希望她们在节会上能够得沐圣恩。然而和古代一样，那些没有受到天皇宠幸的舞姬，终身都被幽禁在伊势加茂的斋宫中，不准另嫁他人。

天长年间，和歌再度兴起。良岑宗贞、文屋康秀、大友黑主、喜撰法师等名家辈出。又有女歌人，才华不逊男子，如伊势、小野小町的新和歌，迥然有别于传统和歌，名闻当时，流芳百世。

据说当年淳和天皇在四十大寿的庆典上，御览了兴福寺僧人献上的长歌，赞道：“这该算是僧家的第一首长歌吧？了不起。”可是今日再读那首长歌，便会觉得也不过尔尔，并无值得称道的地方。可能是由于在当时比较稀有，才显得珍贵吧！而仁明天皇似乎也不了解人丸、赤人、亿良、金村、家持①等歌人。

有一天，仁明天皇问空海道：“本朝自钦明、推古②以来，即广收佛家典籍，然至今仍有诸多佛经不曾收录。卿之真言宗咒术，与佛经相比，又有何用处？”空海答道：“所谓经典，犹如医者学

---

① 这五人都是奈良时代的著名歌人。

② 钦明天皇（509～571）：日本第29代天皇。推古天皇（554～628）：日本第33代天皇，也是日本历史上第一位女天皇。

‘素难’①之书，从而认识到运气、六经一样。真言宗的咒术，便似良医对症下药，开出黄芪、人参、附子、大黄等，使患者服药病愈。因此佛经与咒术，就像车子的两个车轮，只有让它们同时转动，车子才能向前。”

仁明天皇点头称善，赏赐了空海不少东西。

天皇素闻宗贞好色之名，某日欲一试真假。他穿着棠棣色的外衣，扮作女子躲在后凉殿的窗下。宗贞路过时，看到窗下露出的袖角，便上前拉扯袖子，意图调戏。但对方却默不作声。宗贞于是低声唱道：

穿着山吹花色衣服的美人啊，你怎么不开口？

难道像栀子那样，天生没有嘴巴？②

话音刚落，仁明天皇脱去女装，从窗后走了出来。宗贞一看，竟是天皇，大骇之下，急忙转身就逃。天皇却并不动怒，只喊了一声：“站住……”

在汉土，古时有一位君王身边的宠臣，与君王同游桃园时，摘下一个桃子，咬了一口，觉得甘甜可口，便将剩下的桃子递给君王吃。君王不但没有责怪他，还赞他关心自己，愈发宠信他③。而仁明天皇与宗贞的这段逸事，也和汉土的君王赏识那个宠臣差不多。山吹花色后来被称作“无嘴色”，便是因为宗贞这首和歌

① 素难：指《黄帝内经素问》与《黄帝八十一难经》，都是古代中医学的经典著作。

② 此歌收录于《古今和歌集·卷十九》。

③ 《韩非子·说难》：弥子名瑕，卫之嬖大夫也……与君游于果园，食桃而甘，不尽，以其半啖君。君曰：“爱我哉！亡其口味以啖寡人。”

的缘故。

淳和天皇的皇后橘嘉智子，即如今的皇太后[①]，系太政大臣橘清友之女。某日，圆提寺僧侣上奏朝廷道："先皇托梦，嘱咐本寺立橘氏神祇以祭之。"仁明天皇本有心准奏，太后在内宫闻之，即召天皇说道："橘氏乃外戚之家，入于国家大祭，有失体统。更何况孔子曰：'人道近，神道远。'因此万万不可入祭于圆提寺。"因为这番话，天皇驳回了圆提寺所奏。橘氏神祇遂供于葛野川今之梅宫祭祀。似太后这等识大体、明大义的女中丈夫，自然对宗贞的好色行径极为厌恶。

承和九年，嵯峨上皇驾崩，伴健岑与橘逸势等人趁国丧之际，阴图谋反。事机不密，被阿保亲王察觉，亲王立刻上奏天皇，发兵擒拿叛党。乱事敉平后，太后以橘逸势败坏橘氏名望，请求天皇对其从重量刑。而此次叛乱的主谋恒贞亲王，则被废去东宫之位，落发为僧，法号恒寂。时人愤而有言："嗟乎！受禅废立之事，原本仅见于唐国史籍，如今本朝亦步其后尘矣！"

仁明天皇崩于嘉祥三年[②]，因陵寝位于纪伊郡深草山，故被后人称为"深草之帝"。

仁明天皇大殡那天深夜，宗贞忽然销声匿迹，无影无踪。人们都说他是因为没了靠山，害怕太后和众公卿会对己不利，这才躲藏起来。虽说已废除了殉葬法，但他很有可能已经追随先皇去了另一个世界。

实际上，宗贞并没有殉死，而是身穿僧衣、头戴斗笠，扮作

---

① 此处上田秋成原文有误，橘嘉智子是嵯峨天皇的皇后，而不是淳和天皇的皇后。因此在仁明天皇时，她应该是太皇太后。

② 嘉祥三年：公元850年。

一副落魄贫寒的模样，云游天下去了。

某夜，女歌人小野小町行旅至清水寺歇宿，正独处一房默诵经文时，忽闻隔壁房中也传来诵经声，其声颇为熟悉。小町心道，难道是宗贞在隔壁？便写下一首和歌，让人送过房去。歌曰：

旅卧石板床，凉露侵肌寒；愿借法师一苔衣。

宗贞看了和歌，认得是小町笔迹，便翻过纸来，在背面回了一首和歌：

贫僧厌尘世，苔衣苦单薄；莫若二人共御寒。

宗贞让人把歌纸送回小町房中，自己则急匆匆地离开了清水寺。后来小町将和歌呈给五条皇太后①，太后看了，叹道："唉，作此歌者，必是先皇宠臣良岑宗贞，可惜没留住他。"

不过，宗贞在云游京畿诸国时，还是被人发现了行踪，并禀报了朝廷。在位的天皇赏识他博学多闻，将他改名遍昭，并擢升僧正之位。

遍昭无行无德，却能一再富贵。只能说，这是他前世修来的福分了！

僧正遍昭有二子，长子弘延少年得志，步入仕途，人人称贤。遍昭向次子道："汝既是僧人之子，索性也出家吧！"不问次子是否应允，落其发，改法名为"素性"。素性法师日后成为和歌界

① 指仁明天皇的皇后、文德天皇的生母藤原顺子，世称"五条后"。

名人，所作和歌可与乃父媲美。只不过因出家系父亲所迫，有时难免惹动凡心。

僧正后来在花山建立元庆寺，安享晚年。

佛教的事，有时真是难以索解。僧人们身披锦绣袈裟、驾乘辐毂车辇，出入大内，朝见天皇，却将出世拜佛的本意抛诸脑后。人言“命运天定”，僧正遍昭应该也有过这样的感慨吧！

〔叁〕

海盗

纪朝臣贯之①担任土佐国守五年，任期终了，于当年十二月某日，前往京都述职。国人闻讯，纷纷扶老携幼来到码头，与纪贯之依依惜别，就像父母泣送儿子一般。大家对他恋恋不舍，都说："从古至今，何曾见过如此贤明的父母官啊！"即使纪贯之已经登船荡波而去，仍有不少百姓携肴提酒赶来，更有人在岸上恳求纪贯之作歌相赠。

舟船逆风而进，航行甚为吃力，比起平时慢了许多。纪贯之在船上听到海盗正尾随追赶的消息，心绪难宁，便于每日早晚两次向海中挥撒币帛，祈求海神保佑一路平安。船长安慰说，等到了和泉国便安全了。阖船人众听了，纷纷在甲板上跪倒，面朝大海祈愿，希望尽快到达和泉国。纪贯之夫妇的幼子在土佐夭亡，心中不胜哀痛，更是无心观赏沿途的海岸风光，只想着早点到达京都。

过得数日，船长向大家宣布，已抵达和泉国。船上众人都长吁了一口气，个个欢呼雀跃，精神为之一振。

突然，一叶小舟从海面上如箭般飞速划来，离纪贯之搭乘的大船船头只有一小段距离时，舟苫下站起一条汉子，语气粗豪，高声喊道："在下特来拜会前土佐国守大人。"大船上的人问道："来者所为何事？"汉子道："自国守乘船离岸以来，在下便一路追随，只因风急浪恶，小舟难以靠近大船，所以直到此刻方才追上大人。"大船上众人听了，无不惊慌失措，哗道："不好啦，这人肯定是海盗！"

---

① 纪贯之（868？～946？），日本大歌人，平安朝初期和歌圣手，中古三十六歌仙之一。著有《土佐日记》、《假名序》等，并参与编撰了《古今和歌集》。"朝臣"是对他的尊称。

纪贯之闻声从船舱里走出来，问道：“阁下找我有何贵干?”

“是些私事想要请教。不过隔舟谈话不方便，等我过去再说吧!”说完，那个海盗似胁生双翼一般，纵身一跃，轻轻巧巧就跳到了大船上。纪贯之上下一打量，见他全身毛发浓密，腰插一柄宽刃剑，目露凶光，显得十分狠恶。

纪贯之却镇定如恒，淡然问道：“阁下长途尾追，究竟意欲何为?”海盗解下腰间佩剑，抛回自己的小舟上，说道：“在下虽身为海盗，却也知恩怨有主，既与国守大人无冤无仇，绝不会妄加伤害，请大人放心。大人任土佐国守五年，在下本欲登门造访，不料因筑紫九国与山阳道国守渎职枉法，便到那里盘桓了不少时日，直到最近才抽得出闲暇。其实我等海盗都是性情豪爽之人，大人廉政爱民，名声颇佳；土佐国又地瘠人贫，没多少油水，所以也懒得前去叨扰。在下曾想去大人在京都的府邸拜访，无奈京城地方狭窄，人口耳目众多，只好趁今日海上之便，斗胆恳请大人不吝赐教。您且听我道来：

“延喜五年①，奉天皇敕命，开始编选和歌集，听说大人系编撰之长。此和歌集题名为《续万叶集》②，仅就字面来看，自然是因袭前人的《万叶集》而定名，倒也可以理解。倘若穷究‘万叶集’三字的本意，‘万’字寓意和歌数目众多，尚能说得通，但‘叶’字，据后汉刘熙《释名》一书解释：‘人声曰歌。歌，柯也，所歌之言是其质也。以声吟咏有上下，如草木之有柯叶也。’也就是说，歌声依曲调高低变化，如风吹柯叶，使草木有声。人

① “延喜”是日本第60代天皇醍醐天皇的年号。延喜五年，即公元905年。

② 《续万叶集》，即《古今和歌集》。

们将内心的喜怒哀乐，寄托在歌声中，所以听者也会产生同样的喜怒哀乐之感。因此歌声有长短缓急，曲调亦有抑扬顿挫之分。可是风动草木枝叶，簌簌有声，谁听了都不会牵动情感。故而在下认为以‘柯叶’比拟歌声，实是无法令人信服。古人受时代限制，当时以‘万叶’为名，可能仅参考了《释名》一书，因此流于草率。同在汉代，许慎的《说文》则解释道：‘歌，咏也’，这一解释系依据《尚书·舜典》中的‘诗言志，歌咏言’而来。如此解释，则《万叶集》当为《万咏集》，才有道理。由此看来，汉字的解释，可谓言人人殊，而做学问就更是百家争鸣了。

“国守大人在《续万叶集》的序中写道：‘夫和歌者，托其根于心也，发其花于言之叶也。’这句话，初读之下，颇感流畅，但细品则有微瑕。例如‘言’、‘语’、‘词’、‘辞’，一向都读作‘こと’，而序中的‘言之叶’，却从未见过。难道是大人按照《释名》对‘叶’字的解释，自行想当然耳？此等做法违背了古语本意，于歌于文，皆有害无益。大臣参议等人，对此却不闻不问，故意长期闭目塞听。

“大人在序文中又提及：‘和歌有六义。’即使是诗有六义，在唐国都被认为是伪妄之说。若言诗有三义三体，还勉强可行。但和歌体也以数字归结，未免生拉硬扯，不够合情合理。须知人的喜怒哀乐等情感，也只是大略分类，难以逐一细数，更何况是表达情感的和歌？浜成在《歌经标式》① 中分和歌为十体，与大人的‘六义’一样肤浅。国守大人虽然是和歌圣手，但在古语的修为上尚嫌不足，所以进呈给陛下的和歌集，仍有疏漏之处。”

---

① 藤原浜成（724～790），奈良时代的贵族、歌人。《歌经标式》是他用汉文所写的日本第一部和歌理论著作。

海盗侃侃而谈，话锋一转，又道：

“本朝《大宝令》①，系效仿唐律而定，其中规定：男女无媒苟合，则类同猫犬狎交，必乱人伦。因此立法禁止。然而大人在编撰和歌集时，竟满纸滥情，不加节制地编入大量诲淫之歌。或鼓吹情侣幽会私奔，或煽惑与有夫之妇偷情，或同情男女洒泪分别，简直是败坏世道人心，干犯国家律令。可是编选者不但未予问罪，书中的‘恋歌部’竟多达五卷，实在是近于荒唐了。

“所谓淫秽之事，在上古神话时代，即使兄妹相恋也只被看作平常事，不以其有罪。后来人皇治世，儒教勃兴，遂有‘夫妇有别’、‘娶妻不娶同姓’云云。本朝承袭了唐国儒家的伦理观，于是大内也分建清凉殿、后凉殿，以厚纲常之别。其实唐国在上古之世，男女反而是只能在同姓间交往，后来国势日张，为开疆拓土、繁殖人口，才鼓励男女与他姓交往。渐渐地，将‘娶妻不娶同姓’定为律法。

“执笔编撰此歌集者，共四人②，皆善于吟咏之辈。然纵览全书，错谬频出，这是为何？盖因尔等不晓学问之道也！菅公③曾为此忧心忡忡，但不幸被贬谪外藩，遂未参与编撰，以致无人纠正尔等的错谬。此外，为延喜年代歌功颂德，赞其为‘圣代’，也是尔等文人的一派阿谀之言罢了。延喜年间，醍醐天皇不识贤

---

① 《大宝令》：又称《大宝律令》，是日本第一部成文法典。它以中国唐朝的《永徽律》为蓝本，于701年制定，包括律六卷、令十一卷。在757年《养老律令》颁行前，一直是国家基本法。

② 《古今和歌集》的四名编撰者分别是：纪贯之、纪友则、凡河内躬恒、壬生忠岑。

③ 菅公：即菅原道真（845～903），日本平安中期公卿、学者。901年因左大臣藤原时平谗言于天皇，被贬往僻远之地。

才，罢黜博学之忠臣，又如何称得上‘圣代’？

“再来说三善清行①，此人事君虽尽职敦慎，仕途上却无出头之日，仅位列参议式部卿而已。他曾上密折，奏意见十二条，多有可取之处。可惜一味食古不化，便难免掺杂些迂腐愚顽之见。先看第一条，昔年齐明天皇②西征时，经过吉备国一个人烟稠密的村子，天皇问村长道：‘村里面住有多少村民？’村长答道：‘本村人口逐年繁衍增加，今已有数万之众，若陛下征召军役，立刻便能奉上二万人。’天皇大悦，敕旨为该村起名‘二万村’。但是到了延喜年间，物换星移，吉备国守去‘二万村’却已无丁可征。沧海桑田、荣枯聚散，本是人间常事。世人熙熙，皆为利趋。动迁搬移，就像蜜蜂换巢一样，三善清行却为此徒然自恼，可谓蠢矣。

“接着往下看：学问之事，本由大臣公卿掌管，翰林院学士即使才高八斗也不便过问，此乃唐国惯例。文人学士自孩童时起便埋首书斋，孜孜苦读，然而他们对于文章真谛，其实并不甚通，只知死记硬背，用于应付考试，以进阶仕途。殊不知文人清寒一生，挨饿受冻者不知凡几。此为教学之弊也。

“最后，再来说说播磨印南野的渔住码头。当年高僧行基曾言此地离港口太远，舟楫停靠不便，所以才建了这个码头。但码头建好后，屡遭风暴侵袭，最终被彻底毁坏。这是因为码头所处的地理位置并不适合营造，强行搭建违反了自然规律，到头来有害

① 三善清行（847～918），平安时代汉学家，号居逸，世称善相公。他精通经史子集、善作汉文汉诗，是位知识广博的大学者。

② 齐明天皇（594～661）：即皇极天皇，日本第35代和第37代天皇，女天皇。第一次在位时间为642年至645年，第二次在位时间为655年至661年。

无益。同理，恻隐之心虽人人有之，可是并非都能有利于世事。所以朝廷也就放任不睬。

“以上连篇议论，绝非在下好为人师，发圣人之言。不过区区管见，供大人参考。大人肩负陛下盐梅之寄①，此等有欠周详的见解，不可说与陛下知悉。

“吾本文士，吟汉诗、作和歌，以读书属文聊以自娱。哪知竟有小人嫉恨，趁我酒后出言不慎欲陷害于我。为求自保，我只好浮舟出海，沦为海盗，靠劫掠客商财货谋生。每日里酒肉穿肠过，倒也逍遥自在，说不定还能活到一百岁呢，哈哈！我如今虽不是歌人，但大人在和歌上若遇疑问难解，可提出来，大家一起参详。说了半日，口干舌燥，拿酒来！”

纪贯之忙命人抱来酒瓮，任其豪饮。海盗酒酣耳热，大笑道：“木偶②大人，今番良晤，甚为尽兴，在下就此别过。”说罢纵身跃回小舟，击打船舷高声唱道：“平平安安，皆大欢喜。”大船上的船夫也合着拍子，跟着喊道：“开船喽！开船喽！”

海盗乘着小舟如飞离去，一眨眼的工夫，已看不到踪影，只在海面上留下一道波痕。

纪贯之到达京都后不久，收到一封书信，信上没有具名，只绘着一个海盗的标志。启信细看，却是一篇《菅公论》。字迹虽潦草粗犷，却颇富文采。论曰：

懿哉菅公，生而得人望，死而耀神威，自古惟一人已。曾闻，君子无幸而有不幸，小人有幸而有不幸。如公则，有德而非幸，

---

① 盐梅之寄：比喻可托付重任。

② 纪贯之担任过木工寮的木工头，故海盗戏称他为“木偶”。

然亦不幸贬于外藩。其所以不冤者，盖遇君臣刻贼之天运，而不能致仕以令其终。又骂辱藤菅根，而结其冤；不举三清公，人以为私。且不纳其革命之谏，抑非求之乎。清公之言云：“明季辛酉，运当命革；二月建卯，将动干戈。遭凶冲祸，虽未知谁是，引弩射市，当中薄命。自翰林超升槐位者，吉备公之外，无复与美。伏冀知其止，则足察其荣分。”由是思之，吉公当妖僧立朝之际，持大器而不倾殆、建勃平之勋矣。今也，公以朝之宠遇道之光华，与左相公有郗，终所贬黜。故虽兼幸，亦不免不幸也。然生而得人望，死而耀神威。有德之余烈，可见赫赫然于万世矣哉。①

文笔不加修饰，一望可知乃海盗手笔。《菅公论》之外，又有附信一封：

吾尚有一事，上回拜访之际即应奉告，然因前番言事颇多，不暇提及，故今附信告之。大人名讳“贯之”，当据“一以贯之”而来，所以“贯之”应读作“つらぬき”。“之”为助音，本身无意义。把“之”读作“ゆき”的例子，虽然在《诗经》三百篇中频频出现，但那是对照文意，加以训读②的。大人以和歌圣手身份，却不谙汉书，遂有误读错解之谬。父为儿取名，殚精竭虑；大人却不晓己名读音，当真有损清誉。劝大人暂莫作歌，窗下挑灯，把汉书熟读再熟读才是。另有学者名唤“以贯”，“以贯”二

① 《菅公论》原文全部为汉字，语意通顺，故全文照录。

② 在日语里，以日语固有的发音来读出汉字称为“训读”。“训”有学习之意。

字也读作“つらぬき”。身为名流，切记切记。

木工头大人 收阅

纪贯之看完附信，默然半晌。后来他将此事告诉一位博学多闻的朋友，才知道那个海盗名叫屋秋津，虽颇有文才，但由于桀骜不驯，遭到流放，一怒之下做了海盗。托赖苍天庇佑，至今仍纵横驰骋，未被官府拿获定罪。

一宵不寝，作成此话。因向日常为人欺，今撰此文以欺人。文锋似刀，可伤人亦可自伤。然灯下之笔，伤人伤己皆不见血也！

[肆]

二世缘

山城国①高槻的树木，已是落叶纷飞，深山一片冷寂萧然。一个名叫古曾部的村子就坐落在山中。村里有户人家，世代居于此地，凭着先祖在山边广置田亩的余荫，无论年景好坏，都能宽裕度日。家中的男主人不喜交友，只嗜读书，时常在窗下读书至彻夜不眠。他的母亲为此劝道："夜半更深，仍挑灯夜读，极耗精神，易生疾病，难道你不记得外祖父的训诫了么？凡事均应适可而止，不然就要适得其反了。"主人听了，点头称是。从此一过亥时②便安枕就寝，夜夜如此。

然而有一晚细雨沥沥，静谧清宁，主人读书入迷，竟忘记了老母的教诲，手不释卷直读到丑时③。

雨停风止，月出窗边，皎洁明净。值此良夜，主人向月轻吟，文思泉涌，忙研墨申毫，欲即兴赋诗一二。就在这时，窗外忽然传来虫鸣声，那声音很像是在击打古钲。以往虽然也时不时地听到这击钲声，但今晚特别响亮。主人便来到院子里，四下寻觅，终于发现响声是从庭院角落里一块大石下发出的。大石被久未割除的杂草丛遮掩得密密实实，故而平常难以察觉。

翌日清晨，主人叫来家仆，命他掘开大石。仆人挖地三尺，碰到一块大石板，再向下挖，发现了一口石棺。掀开棺盖往里一瞅，内有一物甚是怪异，似人非人，像鲑鱼干一样枯瘪。主人细观之下，发现就是此物在石棺里击钲鸣响。

家仆将此物抱出石棺，感觉其体颇轻，发垂过膝，也不怎么

---

① 山城国：属京畿区域，为五畿之一，亦称山州或城州。相当于现在的京都府南部。

② 亥时：21 点整到 23 点整。

③ 丑时：凌晨 1 点整到 3 点整。

脏。那怪物离开石棺后，仍然不停地以手击钲。主人道：“这定是佛教高僧在此禅定，祈求来世往生极乐。吾家世居此地，已历十代，想来此物年月更为久远。其魂灵已然升天，肉体却留在地面。不断地以手击钲，说明他执念甚深。我想试试，看能不能让他的肉身苏醒。”于是命仆人将那怪物抬入屋中。

主人小心翼翼地将怪物靠在屋角，给他穿上衣服取暖，然后朝他嘴里灌送米汤。片刻后，那怪物竟自己吸吮起来。目睹此等怪状，围观的妇孺皆畏惧不敢近前。但主人并无二话，仍然细心照料，他的母亲也在一旁边喂汤边诵佛。

五十天后，怪物的身子开始慢慢暖和起来，母子俩高兴道：“有救了。”更加细心地照料怪物。终于有一天，那怪物睁开了眼睛，不过似乎对周遭的事物还看得模模糊糊。无论给他喂粥还是喂饭，他都以舌舔食。到后来皮肤也渐渐变得温润，四肢可以活动，耳朵能听见声音，被风吹还会感到寒冷。递给他被子御寒，他立即伸手接过，已完全无异于活人。在饮食方面，平常的食物也尽可吃得。只不过主人考虑到他是一个僧人，所以不给他鱼吃。那僧人却直勾勾地盯着鱼，一副垂涎欲滴的模样。主人便把鱼递给他，他吃了个干干净净，连骨头都吞下肚去。

主人见他已彻底活转来，便问他是否记得以前的事情。僧人答道：“我什么事都记不清了。”主人又问他：“敢问大师法号？您还记得入土下葬时的情形么？”僧人答道：“这些也记不得了。”主人无可奈何，便让他帮忙洒扫院子。他倒也勤快，从不偷懒。

诸位看官，你道这僧人虔诚信佛，巴望着能飞升极乐，于是禅定、击钲，算来至少也有百年了。而今看这情势，岂不是一场镜中花，水中月，何来的灵验呢？熬得只剩下一把枯骨，怪模怪样倒吓煞旁人。

老母由此恍然大悟，自思：“我往日里与这僧人一样，笃信拜佛。为了来世的善果，向寺里布施了不知多少财物，结果还是浑浑噩噩，终日受惑于狐道中。”遂同儿子商量，从今往后，除了拜祭祖先外，绝不踏入佛寺半步。自此她不再迷信，得空时便与儿媳妇及孙子一道游山玩水，一家人和和睦睦，对待仆人也十分客气，还时不时施舍些钱财给穷人，日子过得甚是和美。老母心满意足，常对人言道：“以往信佛时，只知祈求来世的安乐，却忘记了今生的幸福。如今我只要每天开心度日，就很知足了。”

再说那个从地底被挖出来的僧人，日子过得却不顺心，时常怒冲冲地瞪着双眼，朝别人发火。嘴里还唠唠叨叨的，像在埋怨着什么。由于他曾经入定过，所以大家都管他叫“定助”。定助在主人家住了五年，后来本村一户贫农的寡妇招他入赘，做了上门女婿。定助虽然不清楚自己的确切年龄，但夫妇间的欢爱之事却与常人无异。

本村的人不消说，就连邻村的人见到定助这般潦倒，也都悄悄议论道：“瞧吧，这就是信佛的下场。说什么因果报应，定助就是个活生生的例子。”寺庙里的和尚听了，怒不可遏，急忙对村人们说，定助的事当不得真。但村里拜佛的人还是一天天少了。

这个村的村长有位老母亲，已到了八十岁的耄耋之年，得了重病，眼瞅着就要辞世。她对医生说道：“我活了一大把年纪，临死才对世事有所觉悟。能享高寿至今，全靠平日的药物进补。先生日后只要身子骨还行，请一定常来寒舍盘桓盘桓。我这孩子虽说也六十岁了，可仍然不明世理，幼稚得很。请先生时时教导于他，我才走得安心。”

村长道：“我虽已白发苍苍，却依然懵懂糊涂，叫母亲担忧，实在于心有愧。请母亲大人放心，孩儿一定虔诚念佛诵经，求佛保佑家业兴旺，保佑您往生极乐净土。”

老母大怒，啐道：“先生，你听听，这孩子还是这么糊涂。到现在还相信拜佛能往生极乐。其实就算堕入畜生道，当牛做马也未必就是苦事；而做人也不见得有多么好。人间绝非乐园，人生一世，奔波辛劳，营营役役，比牛马辛苦得多，只有逢年过节方得喘息。而那些周身是债的人，就连年节也过不好，一到年关便唉声叹气。唉……我干脆眼不见为净，不再啰唆了。”说完闭目而逝。

那个入定后苏醒的定助，做挑夫、抬轿子，活得比牛马还辛苦。每日为了糊口，拼命劳作，苦苦挣扎。“你们看，这事儿多么荒谬。别指望靠拜佛祷告，就能去极乐世界享福。还是要脚踏实地地努力啊！”村里人纷纷以定助做例子，这样教训孩子们。还有人嘲笑道：“定助入定后又醒过来，是因为跟他现在的妻子有‘再世的缘分’啊！哈哈！”

定助的女人更是逢人就抱怨道：“我真是命苦啊，怎么找了个如此没用的男人！”她一边拾着麦穗，一边怀念独身的日子，“如果先夫能复活就好了，那就不用为米面衣裳发愁了。”

您瞧，世事就是这么无常难料。

[伍]

独眼神[1]

① 上田秋成晚年左眼失明，本篇名为“独眼神”，其实是他的自喻之作。

有谚云：“吾嬬①之人皆鄙陋，不识咏歌难风雅。”

相模国小余绫矶有个年轻人，文质彬彬，向慕风雅，满心期盼着去京都学习和歌。他认为只要能得到名师指点，亲聆教诲，就一定会成为休憩于樱花树下的文人雅士。

某日，年轻人对父母说出了自己的心愿，并以“黄莺筑巢山谷，其音不改婉转”的古歌来表达自己的矢志不移。但父亲劝阻道：“而今文明、享禄之乱②余波尚在，天下不宁。我怕你此去路途遥远，音讯难通，甚不安全。”年轻人不听，执意要去。他的母亲生长于乱世，心肠颇为刚硬，对儿子的出行并不阻拦，只叮嘱道：“速去速回，一路小心。”便让儿子上了路。

年轻人带着验关文书，一路通行无阻来到近江国，按脚程计算，明天就能到达京都了。他十分高兴，不知不觉竟错过了宿店，闯入了老曾森林。其时天色已晚，只好露宿林间了。他四下张望，打算找一块大树根当枕头，于是渐渐地走进了密林深处。路上有一棵巨木横躺在地上，已经枯朽中空，那样子不像是被风刮倒的。年轻人小心翼翼地跨过巨木，不由得打了个冷战，只见前方岔道、浅沼交错，难觅正路。他怔怔地僵立当场，不知所措。思来想去，唯有硬着头皮继续向前。他跌跌撞撞地走着，身上的衣裳不但被树枝拉扯，还被泥泞的道路弄得透湿。正发愁无处歇睡时，眼前豁然一亮：一座神社立于前方不远处。他急忙加快脚步，走到神

① 日本武尊东征时，来到碓日坂，在这里想起了为他牺牲的妻子弟橘媛，于是登上碓日坂的山头向东南方眺望，三叹曰：“吾嬬者耶！”（我的妻子啊！）因此，该山以东各国被称为“吾嬬国”，泛指日本东部地区。

② 时值战国乱世，“文明”是日本第103代天皇后土御门天皇的年号，此间因为幕府将军继嗣问题的纷争，爆发“文明之乱”；“享禄”是日本第105代天皇后奈良天皇的年号，其间爆发了“大小一揆”的“享禄之乱”。

社跟前，却见宫檐朽败，台阶垮塌，无法登阶进入社中。神社四周蒿草杂生，苔藓黏湿，只有中间被整理出一小片空地，似乎有谁在此露宿过。年轻人从背上取下包裹，打算在那块空地上歇息。他定了定神，四下里一张，心里颇感害怕。

暗夜沉沉，暮霭四合，林间朦胧阴翳，唯见星辉点点。清寒的露珠滴洒在衣裳上，凉气逼人。年轻人抖开包裹，自言自语道："希望明天是个大晴天。"正要合身睡下，林中忽然缓缓步出一人，身形高大，手持长矛，就像猿田彦神①一样。他的身后跟着一个修验者②，穿着赭衣，边走边摇金刚杖。修验者身后又有一个侍女，穿着红色的窄袖便服，便服的下摆与白色衣袖摩擦，发出沙沙的声响。她一只手握着桧扇，半掩粉面，娇俏可爱。年轻人定睛一看，侍女竟是只白狐。白狐后面跟着一个粗笨的女童，也是一只狐狸。这一行人来到神社前停下，最前头那个执矛的神官，开始高声诵起中臣氏③的祀文。林幽夜寂，唯闻诵声阴森回荡，令人心悸。

突然"呼啦"一声，有人推开神社大门，从殿中走了出来。只见他长发披肩，嘴咧过耳，鼻子被发须遮得难以看见。一目已眇，另一目冷冷地闪着寒光。穿着藤色的无纹裤，外罩灰裳，右手拿着羽扇，气势汹汹地站在神社门前。

---

① 猿田彦神：传说中的天狗大力神，相貌狰狞，鼻子非常大。又传说猿田彦神曾为天照大神的孙子指路，帮助他下凡接管苇原中国，所以猿田彦神也是指路神或导引神。

② 修验者：为得神验之法，而于山野做苦行修炼之人。其主旨以修持咒法、证得神验为本义。

③ 中臣氏：日本古代与忌部氏共同掌管中央地区神事和祭祀活动的氏族。

神官恭恭敬敬地禀道："这位修验者昨日由筑紫出发，经山阳道抵达京都。在拜会京中的某位大人后，受他的托请，前来参拜尊神。同时带来油煎鹿肉及出云松江的鲈鱼两尾，是今晨由专人送到京都的，趁着新鲜立即做成细切生鱼片，进献给尊神。"修验者也禀道："京都的那位大人，有要事须与尊神商议，所以命在下到此求见。否则纵令战乱干戈，也绝不敢骚扰贵神社清宁。"

独眼神道："近江国周围皆是湖水，山珍海味极是稀少。难得送来鹿肉鲈鱼，正好下酒。妙极妙极！"

女童捡来落叶松枝，塞入陈旧的御汤灶下点燃，烧起热水。登时烟腾火起，照得神社附近亮如白昼。那年轻人蜷缩在一旁，见火光照到自己，吓得慌忙把草笠盖到身上，假装熟睡，心中却暗忖道："这回怕要性命不保了。"

独眼神不断地催促拿酒来，一兔一猿抬着大酒坛摇摇晃晃地走近，嘴里嚷着："太沉了，太沉了，肩膀实在乏力啊！"

女童将七只大酒杯在独眼神面前摆开，白狐侍女将酒杯逐一斟满酒，然后女童又把酒杯放进热水里温烫。独眼神即温即饮，片刻间已连尽四杯。他拿着第五杯酒，连声赞道："好酒，好酒。"转脸对修验者说道："你远来是客，也干一杯！"又唤道："喂，那个躲在松树底下假装睡觉的家伙，也过来喝一杯。"年轻人不敢违抗，胆战心惊地爬起身，接过酒杯，勉为其难地将酒吞落肚。独眼神又命侍女端出油煎鹿肉给他吃。

独眼神道："一望可知，你是打算去京都学艺的。可惜为时已晚，如果你早生四五百年，尚有贤人可称名师；而今这种乱世，却尽多欺世盗名之徒。天下争战不休，生命朝不保夕，谁还有心思钻研学问？那些破落的贵胄子弟，领地被夺，穷困潦倒，为了生计便自吹有家传绝艺，迷惑无知世人。暴发户和武士们附庸风雅，花费无数金银绢帛登门求教，眼巴巴地期望自己能变成雅士，可谓愚蠢至极。所谓‘艺技’，本是纨绔子弟自命风流，闲时吟风咏月、吹拉弹唱的玩乐之技，哪是什么家传绝学？一个人有无才学，老天自有安排。父亲的才华，儿子未必能拥有。更何况撰文作歌之事，只可意会不可言传，是很难学会的。拜师求教，不过是‘师傅引进门’而已，最后的成就还要靠‘修行在个人’。若想拥有真才实学，自学方是最佳途径。你们东国人都是直肠子，淳朴鲁直，可以信赖。又何必去找那些虽聪明却奸佞的人为师呢？我劝你回老家去，找一位隐士，请他教你体察万物玄妙的本事，这才是真正独一无二的绝技哩！……咳，夜寒露湿，再饮一杯酒如何？”

便在此时，神社后走出一个法师，挨着独眼神的左边盘腿坐下，笑道：“酒易破戒更易醒，大醉一场又何妨？”将肩头扛着的一个大袋子放到地上，命白狐侍女献酒来。

白狐侍女忙斟酒奉上，接着挥动桧扇，翩翩起舞，口中唱道：“美玉无瑕兮，谁赏颜如玉。”娇声婉转、甜美悦耳，听得年轻人浑身阵阵酥麻。

法师笑道：“你也不必暗送秋波了。无论你用扇子如何掩饰，都遮不住后边那条又粗又长的尾巴，谁还会喜欢你呢？”又向年轻人说道：“小伙子，听大神的话，早点回家吧。荒山密林，强人出没，你竟能平平安安一路到此，已经是难得的幸运了。圣人教诲：‘父母在，不远游。’这话想必你们东国人也知道吧？”法师一边说，一边不住地给年轻人倒酒，自己却似乎颇嫌鱼肉的腥味，从放在地上的大口袋里，摸出萝卜干来，大口大口地嚼着。那狼吞虎咽的吃相实在令人吃惊。

年轻人毕恭毕敬道：“在下不过是小余绫矶的一个无名渔夫，本想明日进京求学 但今夜承蒙二位教诲，茅塞顿开。回到家乡后，定当潜心自学，钻研和歌之道，方不负教诲之恩。”

当晚众人推杯换盏，尽情饮乐。不觉酒过数巡，东方微白。神官醉眼蒙眬，举起长矛，结结巴巴地再次诵起祀文，那晃晃悠悠的模样颇为滑稽。

修验者起身向众人告别，他让年轻人紧紧抓住金刚杖，请独眼神用扇子朝空中一扇。年轻人登时飞到了树梢上，修验者把他往腋下一夹，带着他向东国飞去。地上的一猿一兔拍手叫好，法师也笑道：“没想到这家伙还有这种本事。”说着提起地上的大口袋，踩着木屐，摇摇晃晃地去了。那远去的背影仿佛绘在画上一般。

神官与法师俱是凡人，但心性不昧，与妖精交往能不受所惑，反得其神通，所以延年益寿。

不多久，天光大白，妖精们各自回到密林深处。白狐侍女和女童则被神官留在了神社。

此后，神官每日练字不辍，在他百岁大寿那日，将那晚发生的事情记录了下来。可惜由于神官的草书字迹难辨，加上墨迹洇散，他人无法读识。那些逸事，只好留给神官自己回味了。

［陆］

尸首的笑容

在摄津国①兔原郡的宇奈五丘，有一个小村庄，村民们多以“鲭江”为姓，从事酿酒业。一到秋季丰收时，舂米的歌声洪亮高亢，沿着海岸传响，就连海神都被惊到。

村中酿酒生意最好的是五曾次家，五曾次善于算计，是个典型的商人。但他的独子五藏却和父亲相反，性情温和，雅擅和歌汉文，还练得一手好书法。更难得的是，他还有武勇刚猛的一面，上马能开弓，箭出从不落空，堪称文武双全！

五藏时常扶危济困，与他人交往礼貌周全。村里人给刻薄贪利的五曾次取了个绰号叫“鬼曾次”；而乐善好施的五藏则被赞为“活菩萨”。大家到五曾次家拜访时，总喜欢去五藏屋里谈话，对五曾次则不理不睬。五曾次面子上挂不住，气冲冲地写了张字条贴到大门上：“闲人勿扰，茶礼不奉。”一见到来做客的人就火冒三丈，吵嚷着轰人家走。

五曾次有个同族的亲戚，名叫元助，家境贫寒，只靠元助耕种几亩薄田，勉强养活老母和妹妹。老母已年过五旬，每日辛勤织布，补贴家用。元助的妹妹名叫阿宗，是村里的大美人。她白天与母亲一道纺纱，料理家务；晚上就让母亲教自已读古书，努力识文断字。由于两家是亲戚，五藏经常出入元助家，与阿宗青梅竹马。阿宗在学习上遇有什么疑难，便向五藏求教，后来更索性拜五藏为师。日久天长，二人情愫互生，终于订下白首之约。老母与兄长对此给予了默认。

同族有位当医生的长者，名叫靫负。他认为五藏和阿宗乃天作之合，在得到元助和老母的允可后，便来到五曾次的酿酒坊做

① 摄津国：属京畿区域，为五畿之一，又称摄州。

媒。他对五曾次道：“俗话说，黄莺只在梅树筑巢，非此绝不营窝。您的儿子与阿宗姑娘最是般配不过，女方家虽然穷一点，但她的兄长志行高洁，两家若能结为姻亲，这桩婚事堪称美满佳缘。”

“鬼曾次”面带嘲讽，讥笑道：“吾家乃福神栖居之所，若让那个贫女嫁过来，福神可不乐意。老头子，你回去吧，要是再提这种晦气事，我就要用扫帚轰你了。”

靫负长者吓得急忙逃出来。从此以后，村里再也没有人敢为五藏和阿宗的婚事说合了。

五藏知道父亲的强硬态度后，却不以为然，说道：“严父之命不足惧。只要我和阿宗真心相爱，就一定能结成连理。”于是一如既往地出入阿宗家。五曾次知道后，勃然大怒，厉声对儿子说道：“你这混蛋是被妖精给迷住了么？如果你真要娶那贫女，老子就和你脱离父子关系，让你身无分文地滚蛋。你读的书里头，没告诉你忤逆不孝是大罪吗？”

五藏的母亲也苦口婆心地劝道：“无论如何，当儿子的终归要听父亲的话，你以后就别去阿宗家了。”从此后，每天夜里母亲都把五藏叫到自己屋里读书，不许他离开半步。这等于变相软禁了五藏。

五藏不再去阿宗家后，阿宗姑娘日思夜念，终于积忧成疾，病倒在床。元助年轻识浅，以为这病不碍事，只要延医调治即可。老母眼见阿宗日渐憔悴，双颊凹陷，眼圈发黑，知道这是相思病，普通的药石根本无用，便托人去请五藏前来探望。五藏闻讯，当天傍晚就急匆匆地赶来了，他对阿宗说道：

“阿宗姑娘真是任性啊！竟不体谅母亲的心情，就这么病倒了。像这样子胡闹，来世可是要负重挑担、彻夜捻绳地受罚哦！我未经父亲应允便与姑娘私订终身，难道你还不明白我的心意吗？即使违抗父亲，我也会信守对爱情的承诺。实在不行，我们还可以私奔去山高水远处。既然姑娘的母亲、兄长已经承认我们的结合，那我们就不会遭到报应。

“我家中财产甚多，有父亲守着，不必担心家境败落。日后他收个养子，努力赚钱，慢慢地就会淡忘我们的事。希望父亲大人能长命百岁，不再责怪我这个不孝子。

“说到长命百岁，人生一世，百岁之寿难得。即便有幸得之，其中五十年的光阴要花在睡眠上，再减去生病、工作的时间，满打满算最多只有二十年岁月是属于自己的。所以，只要能厮守一两年，哪怕是隐居于深山或海边，我也心满意足了。可是阿宗姑娘却不体察我的心意，弄到卧病不起，使得令堂和元助兄因此而责怪于我，我心里也不好过。阿宗姑娘，请你不要再有任何顾虑，振作起来吧！”

五藏这番发自肺腑的话，让阿宗大为宽心，她笑道：“让大家为我操心了。其实我也没什么大病，只是一时心气堵塞，却烦劳五藏大哥忧心，真是罪过。我这就起身。”说着理好云鬓，换上干净衣裳，朝母亲和兄长微微一笑，取过扫帚开始打扫屋子。

五藏将一包鲜鱼交给阿宗，道：“见到姑娘身子康健，在下甚感欣慰。这包鲷鱼是渔夫在明石浦捕到的，今晨刚刚送来，我要陪阿宗姑娘吃完这美味再走。”

阿宗嫣然一笑，道：“怪不得昨晚我做了个好梦，原来是鲷鱼送来的好运①哩！”遂下厨将鲷鱼料理成佳肴，摆上席来，请母亲和兄长品尝。她自己则坐在五藏的右首，殷勤地夹菜劝酒。老母见阿宗对五藏含情脉脉，心里乐开了花。兄长元助虽面无表情，其实心中也颇为高兴。五藏被阿宗的体贴温柔感动得几乎落泪，他酒到杯空，食不停箸，连赞：“好酒！好菜！”又趁着酒意，大胆道：“今晚，我就住在这里吧！”阿宗含羞不语。于是五藏当晚便在阿宗家歇宿。

次日清晨，五藏起了个大早，赶回家去。他一边赶路，一边在口中吟着“多露行露”的古诗②，不一时已到家门口。五曾次面色铁青，站在门前，破口大骂道：“好你个忤逆子，为了个贱货竟连父母都不要了！真是家门不幸啊，我要去地方官那里告状，跟你断绝父子关系！……闭嘴，不许还口！”五藏的母亲急忙站到父子中间打圆场，道：“都别急着吵，去我屋里把昨天的事情先说清楚。”五曾次怒目横眉，还欲再骂，转念一想，毕竟自己就这一个儿子，不好逼得太紧，便转身进了里屋。母亲老泪纵横，连劝带训，苦苦哀求儿子。五藏无奈，抬头道：“母亲大人，孩儿虽年轻识浅，却早已将生死别离之事看得甚淡，父亲不必动辄就用赶出家门来要挟我。他的那些钱，我也不稀罕。只是为人子者，须当竭力奉孝，以报父母养育之恩。所以孩儿在此向你们赔罪了，请你们宽恕孩儿。”母亲听了，大喜过望，一面安慰儿子道：“若真是天赐良缘，你们定会走到一起的，不必担忧。”一面把五藏肯认错的事跟五曾次说了。五曾次道：“他说的那些话，不能全信。最近酿酒坊里有人偷米偷酒，已发生了数次。昨晚守夜的老头子

---

① 鲷鱼又名“加吉鱼”，在日本是吉利的象征。

② 出自《诗经·召南·行露》：“厌浥行露，岂不夙夜？谓行多露。”

又告病请假，说是腹痛，有好几天不能上工。这样吧，让五藏去酿酒坊里帮忙守夜，免得一闲下来就乱跑。”

五藏二话不说，连鞋都顾不上穿，立马跑去酿酒坊仔细巡查。回来后，五曾次对他说道：“家里有件淡茶色的衣服，很适合你穿。这是福神的恩赐，你要珍惜。从现在开始，直到来年正月，你就在酿酒坊里好好干吧，别老是白吃白喝家里的。酿酒可是门赚钱的好买卖，你可得花心思去干！”一提到钱，五曾次就来劲儿。

“另外，你屋里的书堆得比人还高，夜里点灯读书，十分耗油，这种没用的事以后少做，福神可不喜欢。赶紧把那些书照原价退回给书商。净学些老子不知道的东西，管用么？我可不想别人把我的儿子叫作‘书呆子’。”

五藏点头道：“没问题，您怎么说，我怎么办。”

从此以后，五藏每天穿着淡茶色的衣服，照着父亲的意思，努力工作。五曾次赞赏道：“这就对了。如此一来，福神也会高兴的。”

自从五藏不再来拜访后，阿宗的相思病又犯了，这回比上次更厉害，很快就到了病入膏肓的地步。老母和元助伤心不已，暗地里托人传消息给五藏。五藏也极为悲伤，急着想见阿宗一面，便瞒着父母，跟随报信人来到阿宗家。他向元助说道：“我早已料到会有今日的不幸了。来世如何，谁也不知，唯有把握今生了。烦请元助兄明天早晨将阿宗送来我家，我要在父母面前同她结为连理。无论是厮守百年，还是只有一宵聚首，都算是夫妻 场，即使来日无多，也比让阿宗带着遗憾离开人世强！有劳元助兄了。”元助答允道：“五藏兄尽管放心，一定帮你办得妥妥帖帖。”

母亲也强作欢颜道："阿宗翘首期盼的就是这一天哩，这下好了，明天就能如愿了。"连忙张罗着沏茶热酒。五藏接过酒杯，递给阿宗，两人齐喝三三见九①交杯酒，元助在一旁唱歌助兴。

到五更时，五藏道："若不回去，怕要被关在门外了。"急忙告辞归家。阿宗则与母亲兄长对月畅饮，直至天明。

翌朝，母亲取出自己往日的白色绸衣，帮阿宗打扮起来。她一边为女儿梳着头发，一边说道："想当年为娘出嫁时，那股高兴劲儿啊，到现在还记得清清楚楚。你今天也出嫁了，到了婆家，凡事都要顺着点那个脾气不好的公公，这样婆婆一定会满意你的。"千叮咛万嘱咐，直到快上轿时还在提醒女儿。元助身穿华丽的裃②，腰挂长刀短刃，笑道："妹妹第五天就回娘家了，母亲大人不必多言。"但老母还是絮絮叨叨说个没完，阿宗劝道："娘，等我回门后再说吧。"上了轿子，元助跟在轿后，护送妹妹前往五藏家。母亲燃起门火③，高高兴兴地送女儿出门。

抬轿的两个轿夫有点纳闷了，私下里计较道："嘿，咱还头一回见这么寒碜的嫁闺女，本来还想讨点喜钱，再好好吃顿杂煮，这下看来没指望了。"等轿子到了五曾次家门口，连炊烟都没一缕，丝毫不像迎新娘入门的样子。

五曾次的家人们都不知道迎亲的事，聚在门口，纷纷议论道：

---

① 在日本举行婚礼，新郎新娘喝交杯酒时，各用三只一组、大小不同的酒杯，每一杯啜三小口，三三得九共是九口。

② 裃，音读"Kamishimo"，是日本特用汉字，指的是江户时代武士的正式礼服。其质地主要是亚麻布，由上身肩衣下身袴组合而成，式样精致美观，且上下身同色，故名"裃"。

③ 门火，又称"门燎"。婚丧嫁娶、盂兰盆会时，在门口烧火的风俗。

“这是哪家的姑娘啊？这么一副病恹恹的模样！”

元助向五曾次施了一礼，道：“轿中的是我妹子阿宗，也是五藏少爷的恋人。只因她久病在床，五藏君让我送她过来，趁今天是个良辰吉日，把他俩的婚礼给办了。”

五曾次听了，怒气上涌，似厉鬼般咧开大嘴，骂道：“你小子胡说个啥呢？五藏和你妹妹的事，我早就痛骂过他一顿了，他也答应不再和你妹妹交往了。你怎么又把这个狐狸精送到我家来啦？快给我滚，不然我让人拿棍子赶你！”

元助气为之结，不怒反笑道：“请让五藏出来说话！他本来早就打算娶阿宗了，却因父母不同意，一再拖延，终于导致阿宗患上重病。昨天他要我送阿宗过门成亲，现在怎么不算数了？也罢，我妹子既然已跟五藏喝了交杯酒，就算死也是你们家的人了，理应葬在你家的祖坟里。不过我早就听说你为人悭吝，所以不敢劳你破费，自带金小判①三枚，给你！我妹子死后，望能准予入葬。”

五曾次青筋凸起，暴怒道：“黄金本是福神的恩赐，你却如此玷污它，我绝不要你的金小判。这女人病成这样，都不知还能活多久，真是晦气，快点抬走！”他扭头朝屋里喊道：“五藏呢？快点出来！到底怎么处置这女人？我反正是绝对不认她做儿媳妇的，你若硬要娶她，我就连你这个不孝子一起扫地出门，告到地方官那里去解决。”

五藏从屋里出来，抗声道：“您想怎么着，就怎么着。这女子已是我的妻子，若要赶她走，我就和她一块儿走。我早就想这么做了！”说着撩开轿门，打算牵着阿宗的手离家出走。哪知阿宗被

① 金小判：日本战国时代至德川幕府末期使用的一种椭圆形金币，一两重的叫“小判”，十两重的叫“大判”。

这么一闹，本来就孱弱的身子更加禁受不住，此刻已然奄奄一息。元助含泪道:“阿宗看来是不行了,哪怕走一步路都会倒地不起。既然她已是你的妻子,生是你的人,死是你的鬼,理应死在你家里!”

说罢，元助竟然拔出佩刀，寒光一闪，将妹妹阿宗的头颅砍了下来。五藏咬着牙，拾起头颅，裹入袖中，不流一滴眼泪，昂首弃家而去。

围观众人大骇，五曾次更是大吃一惊，吼道：“孽子！你要带头颅去哪里？不准把它埋在咱们家的祖坟里。还有元助,你身为兄长,竟杀死自己的亲妹妹,我要去报官！快来人,速去通知村长!”

村长听到报案，说道：“元助定是疯了！这件事他母亲想必还不知道吧?”遂跑到相距不远的元助家，告诉元助母亲道：“不得了，不得了，出祸事啦！元助变成了疯子，竟然把阿宗给杀了。”老母却仿佛早料到有此事变，神情自若地停下手头织布的工作，走下织机，道：“这种结果果然还是发生了。没什么可奇怪的。倒是有劳村长来报信了。”

村长见老母如此镇定，十分骇异，心道那五曾次绰号叫“鬼曾次”，没想到这老妪也是个魔头。急忙离开元助家，向地方官报案。地方官下令将一干涉事者，全部押来审问。

地方官初审时，对此案极为震怒，斥道：“尔等竟然做出如此残酷之事，实在令人发指。元助斩杀亲妹，重罪判囚；五藏也需问罪。”遂命将元助、五藏二人关入监狱。

十日后，地方官深入了解案情后，又补判道：“五曾次虽表面无罪，但此桩惨案皆因其嫌贫爱富而起。故判五曾次禁闭家中，不准外出，等候正式发落。而元助虽杀死亲妹，但事先已得到母亲应允，况且阿宗的确也是垂垂将死，故而元助罪行较轻，判其暂闭家中，等候正式发落。”最让地方官伤脑筋的，是五藏的言行不知该如何定罪。于是五藏仍被关在狱中。

五十日后，此案由国守做出最后裁断，终审判决是：五藏父子承担此案大部分过失，不得再在本地居住，立即逐出乡境。元助与其母亲，犯有扰乱治安之罪，判令迁移到村西头的荒地独居。

全案至此终结。五曾次辛苦积攒的家产，连同福神神像，悉数被没收充公。

五曾次气急败坏，对着五藏哭号道：“都是你这个忤逆子害的，万贯家财，全没了！”边骂边将儿子推倒在地，拳打脚踢。五藏打不还手，骂不还口，只道：“你要打便打个痛快吧！”五曾次恶向胆边生，怒道：“今日便打死你这个孽子！”手上毫不留情，把五藏打得头破血流。村民们见了，纷纷打抱不平，硬是从五曾次手下救出了五藏。五藏却道：“我已生无可恋，死了也罢！”又坐到五曾次跟前，闭目不言。

五曾次长叹一声，道：“这回虽说被穷神缠上了身，家产荡尽，但钱没了还能再赚回来，我要去大坂做生意，只是咱们的父子情分就此断绝，你自生自灭去吧！”言罢挥了挥手，转身离村而去。

后来，五藏剃度出家，在深山的寺院中苦修，终成一代高僧。

元助带着老母去了播磨国投靠亲戚，他一生荷锄务农，老母依然辛勤织布，就像千千姬神①一样。五曾次的妻子则回到娘家，不久也出家为尼了。

据说，阿宗姑娘的头颅在被砍下之前，以及落地之后，都面带笑容，堪称悲壮！村里人啧啧称奇，无不叹息！

---

① 千千姬神：日本神话中的织物神。

［柒］

舍石丸

古歌有云："陆奥深山中，风景如画花争艳。"诚哉斯言。

话说有位老翁，姓小田，就住在陆奥山麓下的一个小村中。在陆奥一隅，他算得上是个首屈一指的富人。小田在早时已将全部家业交给儿子小传次打理，他自己每日里携酒冶游，逍遥度日。小田另有一个叫阿丰的女儿，在夫君死后，得公婆应允，出家为尼，法名"丰苑比丘尼"。她刻苦精修，虔诚奉佛，后来因为娘家没有女子照应，就回到小田家主理家务。家里的仆人们都蒙她礼待，对她甚为尊敬。

村里有条汉子，唤作舍石丸，身长六尺，虎背熊腰；饮酒啖肉，颇有豪杰之风。这舍石丸甚得小田之心，二人时常结伴去郊外饮酒闲谈。有一次，小田带着几分醉意，对舍石丸说道："汝往常豪饮之际，常醉得不省人事，倒卧于荒山野外，故而得了个绰号叫'舍石丸'。倘若哪天一个不留神，积醉难醒，恐怕就要变成熊、狼等野兽的口中餐了。我有一柄宽刃剑，乃五世先祖为练臂力所制，他常随身携带此剑，在深山中狩猎。某日，先祖在野外撞到一头巨熊，那熊气势汹汹猛扑上去，先祖拔出宽刃剑，刺入巨熊腹部，接着顺势砍下了熊头。所以这柄剑，被称作'熊切丸'！你把它带在身边，遇到醉酒遇险时，也好做防身之用。"言罢将宽刃剑送与舍石丸。

舍石丸笑道："屠熊捕狼，俺赤手空拳尽可应付得来，用不上这剑。不过若是遇上恶鬼，正好对敌，叫它'鬼去丸'如何?"说着将剑悬于左腰下。小田举杯道："痛快，痛快。快斟酒来!"随侍的女童笑道："都喝了三升酒啦!"

舍石丸摇摇晃晃地站起来，道："今日喝得尽兴，俺去散散步、吹吹风。"小田见他醉醺醺的，心道："他孤身一人，胡走乱撞，定会把我送的宝剑给弄丢了。只好陪他同去，方能安心。”便紧跟着舍石丸。小传次怕父亲年迈出事，也起身跟在后头。

舍石丸行到一条河流边，酒意上涌，“扑通”一声倒在岸边，沉沉睡去。他两只脚浸在河水里，宝剑从腰间甩了出来，飞到一旁。

小田在后头见了，心道：“果然如此！”走上前去推了推舍石丸，舍石丸酩酊烂醉，对小田毫不理睬。小田伸手去捡宝剑，哪知舍石丸却突然睁开双眼，怒道：“这剑既已送俺，怎么又要收回？”大醉之中也不管什么长幼尊卑，挥手便来夺剑。小田怎及得上舍石丸大力，登时仰天便倒，但手里还紧紧地抓着宝剑。舍石丸顺势压到小田身上。小传次远远望见，急忙快跑上前，要帮父亲掀开舍石丸，却力不从心，反遭舍石丸擒住右手，喝道：“小传次少爷，你也想抢剑？”手上用力，将小传次也压倒在地。三人扭打成一团。

舍石丸虽然醉酒，终究灵台一丝清明尚在，被风一吹，有点清醒过来。见自己打的是小田父子，吃了一惊，手上松了劲。小传次乘机将他推开，扶着父亲飞奔而逃。

小田提着宝剑，口中赞道：“吾儿真乃武藏坊弁庆①转世，好大的力气，不愧是西塔第一法师。”

舍石丸哼着“急赴衣川哟！”② 的净琉璃调，在后紧追不舍。

---

① 武藏坊弁庆（？~1189）：镰仓战神源义经最忠实的部下，平安时代末期最强的僧兵。幼年时曾被寄放在比睿山西塔。

② 源义经功高震主，受其兄源赖朝逼害，逃往奥州，弁庆一路护送。最后源义经在衣川馆被围，弁庆舍命护主，力战不屈，身中万箭傲立而死。此即日本史上著名的“弁庆立往生”。因为小田把儿子比成弁庆，所以舍石丸哼唱这个典故，调侃小田父子赶去衣川送死。

他身长脚快，不一时便追上父子二人，正要伸手夺剑，孰料剑身从剑鞘中脱落出来，划伤了自己的手腕，鲜血飞溅，小田的脸上也被鲜血溅到。小传次见父亲满脸是血，误会是舍石丸刺伤了父亲，死命地将舍石丸拦腰抱住。舍石丸回身一掌，打中小传次面颊，小传次脸上顿时也沾满血迹。

小田以为儿子被舍石丸打伤，挥舞剑鞘来打舍石丸。舍石丸夺剑在手，横剑招架，剑刃上的鲜血甩到小田的衣裳上，斑斑点点。就在这时，小田家两个仆人赶到了河边，见主人衣裳、脸面到处是血，惊得大叫道："舍石丸杀人啦，舍石丸杀人啦!"边喊边一前一后扑了上去。舍石丸把剑一扔，将小田父子推倒在地，腾出手来，把两个仆人夹在左右腋下，喝道："闭嘴！俺可没杀人!"两个仆人眼见主人倒在地上，越发拼命喊道："不得了啦，老爷被舍石丸杀死了。"

舍石丸一瞥之下，见小田果然直挺挺地躺着不动，心里慌了，将两个仆人甩手扔进河里，拔腿就跑。

过了半晌，小田酒也醒了，晃晃悠悠地爬起身，提着宝剑，在小传次的搀扶下，回到家中。

家仆见他们浑身是血，吓了一跳，忙问："怎么回事?"小传次止住众人，将父亲扶入内室休息。阿丰急问："为何身上这么多血渍，你们受伤了?"小传次答道："这血是舍石丸误伤自己溅到我们身上的，不要紧。"阿丰悬着的心这才放下，暗自庆幸父亲与弟弟平安无事。

再说舍石丸不明真相，以为自己真的杀了小田，连夜逃往外地，不敢回村。可怜那两个仆人，被他扔进河里，不识水性，枉自送了性命。村里人听说小田家出了事，纷纷聚拢来，以讹传讹道："舍石丸为了抢小田家的宝剑，把小田翁杀死了。"小传次急忙出屋，澄清道："我父亲安然无恙，身上沾的血是舍石丸误伤自己流出来的，大伙不可胡言。"众人乱哄哄道："既然小田翁尚在，那快去打捞两个家仆的尸体呀！"一起朝河边奔去。

次日一早，姐弟俩去小田屋中问安，却见父亲僵卧着没有动静，慌忙趋前查看，只见小田口眼大张，躯体冰凉，已然去世多时。姐弟俩面面相觑，惊道："怎会如此？"急急请来大夫。大夫诊断后说道："令尊乃是猝死，药石无功，救不回了。"阿丰和小传次突然丧父，哀痛不已，家中其他人知晓此事，也都纷纷落泪。有家仆吵嚷道："主人定是昨日为舍石丸所害，少爷心地仁慈，假说是猝死，替舍石丸遮掩。可是仁慈也该有个限度啊！"

案子报到国守那儿，国守派地方官去小田家勘查。那地方官早就觊觎小田家家资豪富，得此良机，便想乘机狠刮一笔。他命仵作验过尸体后，不顾事实真相，判决道："查，小田翁衣裳与身上血渍，虽系外溅而来，死因却是被殴身亡。小传次当场目击父亲为歹人殴毙，不但未追捕凶犯，反饰词为其遮掩，实乃大逆不道。"那个大夫听了，抗议道："大人，小田翁身上并未见到任何伤痕啊！"地方官大怒，瞪眼斥道："大胆！你定是收了小传次的贿赂，帮着他说谎！"命人将大夫捆绑了押下去。小传次则被推搡着，押去见国守。

小传次将案子前前后后的实情，详细地向国守叙述了一遍。哪知天下乌鸦一般黑，那国守也想着吞没小田家的财产，当即下令，先把那个大夫关入狱中，又判道："小传次一家，世居本土，已历数百年。虽无官职，仍蒙恩准佩刀携剑、跨马乘舆，故而也可被看作武士家族。如今小传次眼见父亲被害，竟知情不报，按罪当监押服刑。本官暂且放你回去，限期缉捕凶犯。若到期不能提凶犯首级回报，则一应家产、田地全部充公，本人驱逐出境。”言罢令小传次退下。

小传次愁眉苦脸地回到家，向姐姐阿丰道：“小弟虽身体健康，没得过什么大病，但平日里舞文弄墨惯了，别看时常佩刀在身，其实就是个门面，哪里会什么刀剑技击的武艺？舍石丸蛮力惊人，若是撞上了，我这身子骨，根本不是他的对手。”阿丰也没了主见，只是哭泣。过得半晌，突然想起一事，道：“我那公公，乃是日高见神社的社司①，弓矢娴熟，精通剑术，曾助朝廷平定过常陆的骚乱。你可以去他那里拜师习武。他宅心仁厚，定会悉心教导于你。”说完修书一封，让小传次带着，日夜兼程赶往日高见神社。

社司春永览信毕，对小传次道：“没想到亲家翁竟遭如此变故，真是不幸。你力气虽小，但克敌制胜不在力强，在于武艺的种种变化。你就留在我这里吧，保管两年内教会你一身艺业，一举打败敌人。”

于是小传次便在日高见神社跟随春永练武。他勤学苦练，进展神速，仅过了一年，就武艺大成，可以出师了。社司在他离开前，叮嘱道：“对决时虽可请人助拳，但绝非男子汉所为。你须凭自身武艺，斩下敌人首级，届时再回乡不迟。”小传次点头应允。这时的他身负绝艺，已不再是文弱书生了。他信心满满，大踏步向江户进发。

再说舍石丸自以为犯了人命案子，昼夜奔逃，一路逃到了江

① 社司，又称“宫司”，神社中神职最高者，事务总负责人。

户。可是他身无一技之长，只好去当苦力谋生，后来得到机会，成了一名相扑力士。凑巧的是，某国的国守十分热衷相扑，并且嗜好饮酒。舍石丸力气既大，又是海量，遂得到国守赏识，被召到国守府做了一名近侍。某日国守问起舍石丸家乡何处，舍石丸毫无隐瞒，将前事和盘托出。国守道："没想到你竟是个杀人凶犯。那少爷虽然文弱，但既是富户，必出重金追捕，你不可大意。正好我今年已参谒完幕府将军，要回领国去①，就带你一起去吧。有我庇护，你就不用担心被捉到了。"舍石丸便跟随国守，向西而去。

小传次赶到江户后，在城中四处打听舍石丸的下落，耗费了两三年的光阴，才得知舍石丸托庇于某国国守，早已去了西国。小传次急忙又赶往西国。

庇护舍石丸的那个国守，心地颇好，为人宽容，对舍石丸照应有加。但舍石丸酒量极大，日日豪饮，终于酒精中毒，得了疔疮，不久后腰部以下竟然全部失去知觉。他后悔莫及，遂向国守道："俺身负重罪，常怀愧疚于心。想那小传次一介书生，非俺敌手，此刻恐怕已与其姐一样，穿上僧袍成为佛门弟子了。因此俺并不担心他来报仇。如果要俺先发制人，俺如今下身瘫痪，也不可能走四百余里路去寻他。"他顿了顿，续道："听说本国的交通要津被一座大山挡住，行人通行须绕过巨岩，多走八里路，甚为不便。曾有高僧发大誓愿，要将深一里的巨岩凿通，令来往路人无论寒暑，都能免于辛苦奔波。可惜目前巨岩仅凿了三十三丈，

① 江户幕府为控制各地大名，制定了"参觐交替制度"，规定各藩大名需轮流到江户居住一年，然后回领国居住一年，如是反复。每年的四月为交替期。

便停滞不前。俺愿在有生之年续凿此岩，一报主公恩德，二为国人行路方便。俺双足虽不能行走，但一身大力尚在，誓要圆此功德。”

从此以后，舍石丸就抡起大铁锤砸石开路。那铁锤平常要二十个人才能抡得动，舍石丸却运使如风，每天能掘进十步之多。国守深受感动，张贴告示，请求民众予以支持。有八个人志愿承担了清理石屑的工作。

一年后，巨岩开凿已接近尾声，小传次也从江户寻到了此地。舍石丸对小传次道：“俺到底杀没杀令尊，你心里最清楚。如今人人都说俺是凶手，俺百口莫辩，也懒得多说。你要俺的脑袋，便拿去吧！”小传次道：“奉上官之命，本要取你首级回去。但见你凿岩开路，造福百姓，也算是为我父亲积了冥福，索性我也来助你一臂之力吧！至于家道兴衰，全凭运数，有始必有终、有生必有灭，由他去！吾姐已是佛门中人，虔心修行，定会体谅我。等巨岩凿通之后，我就回家与姐姐一道拜佛静修。”此后，小传次便留了下来，和民夫一起清理碎石。舍石丸十分欣慰，道：“少爷竟能不计前嫌，出力助俺，实在可钦可敬。真是神佛有灵啊！”

某日，舍石丸笑言道：“少爷本来是要找俺报仇的，可是瞧你这副弱不禁风的模样，俺现在纵然半身不遂，你也绝对打不过俺。”小传次一言不发，飞起一脚，竟将身边一块巨石像踢蹴鞠般轻易踢起。那巨石即使二十个人也未必抬得动，舍石丸惊得目瞪口呆，疑惑道：“你的力气何时变得这么大？”小传次又弯弓引箭，“嗖嗖”两响，两只大雁应声落地。他回视舍石丸，道：“你所倚仗的，不过是蛮力惊人。可是力气再大，总有限度。而我学的却是变化多端的武艺，即使你并未瘫痪，站起身来，也不是我的对手，反而会像孩童般被我制伏。”

舍石丸惊叹不已，拜倒在地，惭愧道：“今日方知天外有天。忆起往日自狂自大，实是愚不可及。”遂拜小传次为师。

有了小传次的帮助，凿岩的进度大大加快了。光阴似箭，新年过后，长达一里的巨岩终于被凿通了。隧道中路径平坦，由于开了石窗，光线也十分充足。以往要绕道八里的道路上，连家茶水摊都没有，行人酷暑时饱受日晒、寒冬时冷风扑面，尝尽行路难的艰苦。如今隧道畅通，宽敞明亮，就算骑马持矛也是无妨。太初之时，大穴牟迟神与少名毗古那神①虽建立国土，也不如舍石丸开山之功。国守大喜，派出特使前往陆奥国国守处，替小传次说情，终于将小田命案一事了结。小传次谢过国守，自行回转家乡。

舍石丸不久后病逝，国中之民感恩戴德，将他尊为“舍石明神”，在隧道入口处立祠祭之。从此香火不绝，绵延至今。

小传次东归陆奥，国守为其赦罪洗冤。后来他家道日隆，姐姐阿丰欢喜欣慰，自是不在话下。

还有日高见神社，本来已日渐残败，小传次感念学武之恩，布施重金修茸一新。画栋飞甍、宏伟壮观，其庄严神圣，名闻遐迩。善男信女们不舍昼夜，前来参拜许愿。因神明灵验，香火旺盛，社中收得的布施金银不计其数，神社所供之神遂成东国数一数二的大神。

---

① 大国主神本名大穴牟迟，他在少名毗古那神的帮助下，建立了出云国。

〔捌〕

宫木之冢

本州河边郡神崎津，古来即流传有不少传奇物语。到难波津或是山崎津装卸货物的船只，若遇上狂风巨浪，都会停泊在神崎津暂避。这里古称“猪名港”，北面就是现在的河边郡。猪名川下游一带，本应名为“猪名郡”，但因天皇敕命“各国、各郡、各村的名字，都必须是带有吉祥含义的双字”，所以各地纷纷对原名加以增删修改，大部分名称还改得似模似样，不过仍有少数地方的名字被改得面目全非。

作为港口码头，一到船只泊岸的日子，就免不了有水手、商人上陆寻欢。他们时常出入妓院酒家，买笑作乐。某个老鸨手下有位名妓，叫作宫木，不但琼姿花貌、端丽无双，更难得的是兰心蕙质、多才多艺，商贾中多有慕其艳名，而欲一亲芳泽者。但宫木心高气傲，不愿与凡夫俗子应酬，满心盼望能遇到一个如意郎君为自己赎身。

昆阳野之里有个叫河守十太兵卫的富人，时年二十四岁，英伟俊朗，血气刚勇，在当地无人能敌。又兼颇通文理，常作歌吟诗，与京都博学宏文之士唱和。十太兵卫某次偶然邂逅宫木，立即被宫木的绝色所吸引；宫木也对十太兵卫一见钟情，遂以身相许。二人如胶似漆，不舍分离，十太兵卫便打算为宫木赎身。宫木喜道：“自今而后，妾身只侍奉郎君一人。”十太兵卫找来老鸨，提出要以黄金帮宫木赎身，老鸨应承道：“宫木能有个好归宿，我也替她高兴。以后就不安排她另行接客了。”

这宫木其实也出身于好人家，父亲在京中任职，官至中纳言。后因直言敢谏，触怒天皇，被罢官贬为庶人。因宫木的奶娘是神崎津人，一家人便辗转流落到了神崎津。宫木的父亲养尊处优惯了，完全不懂如何谋生，把身边仅有的一点银子全用完后，在贫病交加中死去。

宫木的母亲是大家闺秀出身，乃贵族藤原氏后裔。夫君穷途潦倒，她也跟着流落异乡。娘家藤原氏听说她生计困苦，便托人捎话道：“就算嫁鸡随鸡，也要替孩子考虑考虑。稚子无辜，何苦让她跟着受罪？再说咱们家是名门望族，丢不起这个脸，你赶快带着孩子回来吧！”此话不说倒罢了，宫木母亲甚是要强，听了这话，伤心不已，毅然与娘家断绝了关系。为了安葬死去的夫君，她变卖了陪嫁的衣裳，勉强办完了丧事。

宫木的奶娘守寡多年，家里没什么亲戚，只能靠做些针线活苦苦煎熬，自顾且不暇，又如何照顾得了宫木母女？坐吃山空，日子一天比一天难过。宫木母亲抱着年幼的女儿，愁眉不展，泪下千行。奶娘劝她道：“再这样喝冷风下去，大家都免不了被饿死。您有什么打算吗？我听说本地有位夫人，愿意以十枚金小判的价钱，收养小姐。这夫人家中颇为富裕，不仅家仆成群，更认识不少京里的达官贵人。小姐到了她家，一定有好日子过。长大后再嫁个如意郎君，您也就有了依靠。”

宫木母亲信以为真，对奶娘道：“宫木能托付给好人家，真是不幸中的万幸啊！你快去跟那位夫人好好商量一下吧！”她哪里晓得，奶娘口中所谓的“夫人”，其实是个老鸨。奶娘要把宫木往火坑里送，做母亲的却还以为自己的女儿，就像当年某个游女①被宇多天皇②看中那样，能过上好日子哩。

奶娘见宫木母亲应允了，得意地自言自语道：“这蠢妇倒也好骗。”忙跑到老鸨处，邀功道：“多亏咱这张嘴，好说歹说，终于

① 游女：艳装弹唱的女伎。

② 宇多天皇（867～931），日本第59代天皇。

哄得宫木母亲答应把女儿送来。你赶紧把定钱给我。”老鸨当即给了奶娘十枚金小判。

奶娘将金小判交给宫木母亲，道：“您瞧，这黄灿灿的金币，就是那位夫人给的。今晚我就送小姐过去，您不必跟来了，免得母女分别，哭哭啼啼，大家闹心。”她担心宫木母亲跟去，知道了真相，所以故意这么说。

宫木母亲哀伤道：“那就有劳你了。孩子年纪还小，一向与我相依为命，如今远离，真是舍不得啊！”小宫木颇为懂事，安慰母亲道：“一切听凭母亲大人的安排，我绝无怨言。做女儿的长大后，终归是要嫁出门的，母亲大人不要悲伤了。”宫木母亲长叹一声，泪下沾襟，拉过小宫木，一边爱怜地轻抚她，一边帮她梳好头发。奶娘在旁边忙不迭地催促道：“快些快些。钱都给了，别让人家等急了。”宫木母亲无奈地松开手，道：“去吧！”又哭了起来。奶娘赶忙拉着小宫木，来到妓院。

宫木年幼无知，见妓院十分热闹，高兴道：“这地方真好玩。”老鸨夫妇直夸她聪明漂亮，给了她不少糖果吃，还为她换了一套崭新的衣裳。宫木连声道谢，对老鸨大生好感。她转身向奶娘道：“明天请母亲大人也来玩。”奶娘敷衍了她两句，自行回转家中，哄骗宫木母亲道：“小姐在新家吃得好穿得好，您就不必操心了。”接着又厚颜无耻地要求宫木母亲把钱分些给她，道：“老爷往日在我这儿赊了不少账，一直未还，您就把金小判给我两枚，当还钱也好，当抽头也好，也不枉我出力奔忙。”这中介人逢十抽二的规矩，是周朝传下来的，奶娘便是按这规矩索要报酬。可见贪利负义，古今皆同。

宫木母亲把钱给了奶娘，道：“如果方便，我想明日去那夫人家中看看，拜托她好好照顾宫木。”奶娘托辞道：“去瞧瞧当然是好，可那位夫人是体面人家，您现在连件像样的衣服都没有，不好去人家那儿拜访。还是等逢年过节，您换上新衣裳再去吧！”宫木母亲听她说得有理，便息了去探望女儿的念头。此后每当她要去看女儿时，奶娘总能找到借口推脱过去。年复一年，岁月流逝，宫木母亲日夜思念女儿，终于积忧成疾，与世长辞。

转眼宫木已到了及笄之年，老鸨要求宫木正式接客。宫木在妓院中多年，也明白了这里是做什么勾当的。她心中虽哀怨自己竟和物语中说的风尘女子一样，但既是母亲安排自己到了此处，也唯有认命。所以当老鸨传授她歌舞技艺时，她心中虽不快，却仍然认真学习。久而久之，歌舞琴瑟、礼仪诗书，无一不精。客人们都惊叹道：“如此风雅标致的美人儿，在这地方已经很久没见到了。”

宫木自从结识了风流倜傥的河守十太兵卫后，便一心一意只爱着十太兵卫，不再应酬其他客人。十太兵卫自然满心欢喜，要给宫木赎身。老鸨也应允不再让宫木接客，并遍告众人，宫木已名花有主，以后不要再纠缠于她。

这一年的阳春三月，十太兵卫心想道：“现今春光明媚，山景曼妙，正是观赏樱花的大好时节，不妨带宫木同去玩赏。”便挑了个风和日丽的日子，带着宫木一起去兔原郡生田森林冶游赏花。

林中樱花盛开，似绯云、似锦缎，蔚为壮观。平时游人们都会在樱花树下铺席张宴，仰首赏花。可是今日人比花艳，大家争先恐后地贪看宫木美色，连樱花美景都无暇欣赏。本来十太兵卫还让宫木带了一把舞扇，预备着让她起舞助兴。但此刻人人争睹宫木芳容，宫木也不敢起舞，只默默地陪着十太兵卫饮酒。人群中时不时发出惊羡声："这佳人太美了，她的丈夫真是幸福。"十太兵卫听了，愈发得意扬扬。

在那群赏花人中，有个昆阳野驿站的驿长，名叫惣太夫。他见了宫木的绝色，目为之眩，神为之迷，连酒都顾不上喝，只顾着和同来的大夫、法师评头论足。突然，惣太夫一拍脑袋，道："险些误了大事。"急忙飞奔到码头，命和田崎的船夫疾速开船，如飞鸟般往家里赶。

一回到家，惣太夫立即命人去河守家传话："朝廷派钦差来本地视察，今晚安排在河守家歇息，令十太兵卫速来驿站商议款待事宜。"

河守家的老管家听到传命，急得团团转，只好跑来央求惣太夫道："敝主人此刻春游在外，不及赶回。能否请驿长大人通融通融，安排钦差大人到别家歇宿?"

惣太夫斥道："混账！本地以河守家最富，宅邸也最为雅洁，我早已向钦差大人禀明，他转眼就到，如何能另行更换人家?"

老管家哀求道："敝主人未归，我无论如何也不敢答应啊。恕小的无法接待钦差大人了。"

惣太夫勃然大怒，骂道："老家伙，竟敢无视钦差大人，岂有此理！我家若不是老母病重，早已自行接待钦差了。你即刻回去准备，钦差大人立时便到。"

老管家无奈，只得赶回家中，但家里连个商量的人也没有。他踌躇无计，唯有对天祷告道："求大自在观世音菩萨保佑，让主人插上翅膀，快点飞回来吧!"

过了几个时辰，忽然又有人来传话，道："钦差大人来到本地，见无人接迎，已连夜转往住吉驿歇宿了。驿长大人准备了大量松明，供钦差一路上照明。钦差如今怒极，特传令，追问十太兵卫不敬之罪！若十太兵卫未归，先行封禁其宅，责其速往驿长处认罪。”说着，将两块竹板在大门上交叉钉死，查封了河守家。

十太兵卫尚不知家中发生了变故，直到晚上亥时，才尽兴归来。却见家门被两块大竹板封死，大惊，忙问从边门出来的老管家：“发生什么事了?”老管家把前事细述一遍，劝道：“富不与官斗。主人还是快去驿长那儿，告个罪吧!”十太兵卫无可奈何，只好到驿长家中赔不是。驿长冷笑道：“你好大的胆子，朝廷钦差来到本地，指定你做迎接之人，你却不理不睬，自顾自地游春赏樱。这大不敬之罪，岂是说几句好话就能遮掩过去的?现判你居家禁闭五十天，不得离开半步。”

十太兵卫长叹道：“果然是樱花虽美，难耐风侵。罢罢罢!”遂自闭于家中。

翌晨，驿长又差人到河守家，说道：“钦差大人由明石驿飞檄传信，云：‘昨日本拟在贵地歇宿，不料因无人接迎，迫不得已转往住吉驿。深夜赶路，致使马足跛折，只好换乘船只前往筑紫。朝廷向例，钦差行程不得经由海路，以免波生不测。然本钦差因恐误期，天皇降罪，唯有明知故犯。若海程中遭遇不测，后果严重。此皆尔等之过也。跛足骏马价值五百贯，责由尔等赔偿。’驿长大人收到此信，命我转告你，一切事情皆因你怠慢而起，这五百贯钱由你赔偿。另外送钱去京都钦差府邸，尚需三十贯盘缠，合计五百三十贯钱速速取来!”

十太兵卫无奈，取了钱出来。差人又道：“你好好在家待着，五十天期满后，钦差大人在筑紫的公事想来也办完了。届时你再上京都，向他赔罪。”言罢抬着五百三十贯钱，扬长而去。

惣太夫将十太兵卫禁闭家中，便与大夫理内一起，来到神崎津，寻到宫木所在的妓院，对老鸨道：“让宫木出来侍酒。”老鸨道：“宫木与十太兵卫已有婚约，不便再接外客。恕难从命。”

惣太夫嫉妒不已，满面通红。他一边喝酒，一边故意大声道：“十太兵卫那家伙，犯了大罪，已经下在牢里，过不多久就要问斩了。年纪轻轻的，倒真可惜了。”

宫木听了信以为真，忧心如焚，发誓愿斋戒十日，求神佛保佑十太兵卫平安。可是十日过后，依然没有好消息。老鸨劝道：“那惣太夫酒后胡言乱语，当不得真。我听人说，钦差大人只不过要十太兵卫赔偿五百贯的马钱而已，算不上什么大罪。你要好好保重，养好身子，等着来日相聚。”

宫木听劝，放宽了几分心，勉强振作起来，日日抄经诵佛、供花焚香，祈求观世音菩萨大发慈悲，救拔苦难。

再说十太兵卫自闭家中，感染了风寒，欲延医调治。听闻医师当马医术高明，便让家仆将当马请来。当马替十太兵卫把脉后，连呼：“侥幸，侥幸。若我来迟一步，阁下这条命就保不住了。”说着开好药方，让仆人拿去配药。河守家一个女人也没有，男仆粗枝大叶，照顾十太兵卫不免有失周到。

当马最近这段时日，也给惣太夫的母亲治病。闲聊中，将十太兵卫的病情告诉了惣太夫。惣太夫计上心头，附耳对当马道：“我把那五百贯钱，匀出一部分给你，你在十太兵卫的药里做点手脚，如何?”当马大惊失色，摆手道：“人命关天，万万不可。”惣太夫脸上变色，威胁道：“你真的不干？那么日后你也别想行医了。”当马无奈，道：“其实十太兵卫患的是膈症①，活不了多久了。也罢，那我在他的药里多加些附子②，促其速死。”

十太兵卫服了当马开的药，果然一命归西。惣太夫欢天喜地，找了个理由，赏给当马一百贯钱。

宫木听说十太兵卫病死，痛不欲生，疯了般嚷着要相伴十太兵卫于九泉之下。老鸨劝道：“人死不能复生。既然神佛也无法保佑他，这就是命。而今唯有好生供奉十太兵卫的灵位，求来世再结良缘了。”

数日后，惣太夫又来到妓院，嬉皮笑脸地向宫木求欢，宫木抵死不从。惣太夫便叫来老鸨，将剩余的四百贯钱全给了她，道：“四百贯包宫木一个月，总够了吧?”重利动人心，那老鸨见钱眼开，忙道：“够了，够了。若大爷肯多加些钱，宫木就永远是你的了。”扭头向宫木道：“十太兵卫已死，你那婚约算不得数了。既没了依靠，难道你想一辈子待在妓院里?惣太夫大人好歹有个一官半职，你不如从了他吧!”

宫木没想到老鸨会这么说，一时无语。老鸨作色道：“你母亲既已将你卖给我，一切都要听我安排。你从小无依无靠，也不想想是谁把你养到这么大?俗话说，生母不及养母亲。你若不听我劝，便是忤逆不孝，一则对不起死去的生母，二来辜负了我的养育之恩。还是嫁给惣太夫大人吧!”惣太夫也在旁边低声下气讨好道：“十太兵卫尚未正式娶你过门，你们算不得是夫妻。我迄今未娶，你过门后便是正室。我一定好好待你，与你白头到老。”宫木经不住两人软硬兼施，只好答应嫁给惣太夫。

---

① 膈症：食道癌。

② 附子是毛茛科植物乌头的子根，含有毒性成分乌头碱。

某夜，曾与惣太夫同去赏樱的大夫理内，喝醉了酒，向宫木道："生田之樱虽盛，花开花落终归匆匆。短命的十太兵卫，哪及得上松柏常青的惣太夫呢？夫人运气好，搭上好船了。"

宫木心中大疑，暗忖他怎么会知晓生田赏樱一事？这其中怕有蹊跷。此人向来与惣太夫沆瀣一气，那惣太夫为人奸猾，言行卑劣，十太兵卫说不定就是被他害死的。可叹他死得冤枉，自己一介女流，无法为他申冤报仇。

宫木思来想去，深感惣太夫难以托付终身。遂假装心口痛，托词不见惣太夫。

时有高僧法然上人①，常劝人虔诚信佛，言道："时诵六字佛号，即可往生极乐净土。"其信徒甚多，无论达官显贵，抑或平民百姓，不分老幼，均每日随其念诵"南无阿弥陀佛"的佛号。在后鸟羽院的上局②，有两位名叫铃虫与松虫的美女，深受上人影响，朝夕诵佛不倦。后来终于看破红尘，逃出后宫，削发为尼，结庵修行。此事令后鸟羽院大为震怒，便想将法然上人问罪。正巧比睿山僧众与上人结怨，遂上表朝廷，指上人乃是佛敌。上皇便用了这个借口，下令将法然上人流放土佐国。

这天，押解法然上人的船只停靠在神崎津。宫木听说上人将要换船远行，忙向老鸨恳求，说要去码头拜会上人，为十太兵卫祈求来生福祉。老鸨体谅宫木心情，认为此事亦在情理之中，便让一个年长的婆婆与一个女童，与宫木共乘一舟前往。

---

① 法然上人（1133～1212），日本净土宗开山祖师，著有《选择本愿念佛集》。净土宗认为只要天天口诵"南无阿弥陀佛"，即可减轻罪孽，脱离苦海。

② 上局：古日本天皇嫔妃的住处。

小舟将到岸边，却见上人乘坐的大船正慢慢离岸，宫木忙命小舟飞速靠上去。

登上大船，宫木在上人面前泪如雨下，泣道："卑贱之躯，彷徨无措，还望大师指点迷津。"上人怜道："汝舍命之志早决，何必问我。"遂站立船头，高诵十遍佛号。宫木双手合十，跟随上人念佛毕，一纵身，跃入波涛中。上人朗声道："成佛之道，笃信莫疑。"回身步入船舱。大船顺着海潮驶出港口。

婆婆和女童吓得魂飞魄散，急急奔回妓院报讯。老鸨夫妇连木屐都顾不上穿，赤脚跑到码头，遍寻尸首不获。待得潮退后，终于有船夫来告，桥柱上挂着一具女尸。老鸨忙让船夫将尸首捞上岸，一看，正是宫木的尸体。后来当地人就把"念佛桥"作为神崎桥的别名。

老鸨将宫木的尸首殓葬于野外一个小山丘上。宫木之冢历经数百年，至今尚在，墓碑上刻着她的事迹。吾曾于三十年前，在神崎川南岸的加岛，结庵修学三载。听乡人说起这个古老的故事，便努力寻找宫木之冢，后来终于找到。只见那墓碑仅有扇面大小，四周荒凉凄清。吾伫立墓前，悲从中来，遂合掌拜祭，并作和歌一首。歌云：

人世如飞絮，浮生飘零苦。
莫论富与贵，俱受奔逐愁。
名种绽名花，无奈双亲亡。
世间万般业，哪得己做主。
春蕾含苞放，却遭冰霜毁。
夜夜相伴者，猪名一船夫。

头枕波涛眠，此身如玉藻①。

玉兮质高洁，女德堪比玉。

红颜罹碧水，黑发葬荒原。

身去魂犹在，长随明月辉。

浅吟知悲事，寒露湿碑石。

神崎川浪涌，幽咽道孤清。

一歌尽诉三十年前见闻，往事历历，不复再现。

① 玉藻：古代王冠垂挂的玉饰。玉者温润和婉，藻者华美坚强。

[玖]

和歌之魂

山部赤人①曾作歌云：

和歌山之浦，海浪汹涌；潮汐惊起水鸟鸣，栖于芦荡中。

这首歌与柿本人麿②的作品：

东方天曙明石浦，舟隐岛荫雾朦胧，吾眺孤舟心万绪。

一起被誉为和歌的经典杰作。

时值圣武天皇③治世，藤原广嗣在九州举兵叛乱，据报京都内暗藏有叛军内应，为策万全，天皇决定巡幸伊贺、伊势、志摩、尾张、三河、美浓诸国。御驾至三重郡阿虞浦时，留下了一首和歌：

松原见佳人，潮汐涨复落，鹤惊去又回。

此次巡幸戒备森严，近卫府亲兵层层护卫，随行中还有不少文臣。其中有个叫高市黑人④的歌人，也在尾张爱知的海边，咏

---

① 山部赤人，奈良前期的宫廷歌人，三十六歌仙之一，生卒年无考。其歌长于叙景写实，歌风纤细优美、清澄净朗，在《万叶集》中占有重要地位。

② 柿本人麿（约662～约706），《万叶集》代表歌人。其歌风雄浑庄重、匠心独运，开一代之风气。他和山部赤人同被奉为“歌圣”，对后世歌人具有重要影响。

③ 圣武天皇（701～756），日本第45代天皇。在位期间，极力采纳唐代文物制度，信仰佛教，曾两次派遣唐使去唐国学习。

④ 高市黑人，生卒年不详，日本奈良时代歌人，被认为是叙景歌之祖。

了一首和歌：

樱田观飞流，潮汐涨复落，鹤惊去又回。

这首歌与天皇所作惊人地相似。开篇那首山部赤人的作品，也有类似情况。但山部赤人和高市黑人同在天皇殿下为臣，自然不可能剽窃天皇作品。事实上，赤人的歌，确实是他在天皇巡幸纪伊时，自己创作的。黑人的也是原创。歌人感生于志，咏形于言，每每所见之景相似，于是所咏之歌亦难免雷同。此乃歌人因情趣相近而引发，不足为奇，亦不必切切责之。面对山川草木、长天碧海，古人触景生情，只恨平常言语难以述怀，遂各发歌谣，咏其心声。这在《万叶集》中时常见到，例如有首歌云：

难波滩头潮涨落，鹤鸣飞渡淡路岛。

其意境也与前面数首相类。

和歌之道，逸者其乐悦，怨者其吟悲。古人以歌言心，抒发自我情感，并无剽窃之必要。山海花鸟，世间万物，直呈于世人面前。歌人歌其所见，咏其所思，坦荡、率真、质朴，这些正是和歌的灵魂所在。

［拾］

樊哙

距今相当久远以前，伯耆国[1]大智大权现御山上，住着一个恐怖的恶神。他昼伏夜出，经常出来害人。所以每天申时[2]一过，山寺的僧侣们要么下山走避，要么就留在僧房中紧闭门户，彻夜诵佛不休。

在山脚下有个小村子，村子里有家小酒馆，一到黄昏左右，远近的泼皮无赖们就凑到酒馆里，喝酒赌博。

有一天，因为天降大雨的缘故，在山野间干活的人们早早收起工作，正午时便聚集在小酒馆里，饮酒划拳、掷骰博戏。其中有个莽汉，平日里仗着自己力大无穷，极好逞强争胜。有人颇为讨厌他，想要让他当众丢脸，便故意激他道："你不是总说自己力气大，胆子更大么？今夜你敢不敢独自上山，拿个证据下来，证明自己的确是条好汉？若不然，就只不过是个爱吹牛的废物罢了。"众目睽睽之下，莽汉哪肯服输？哼道："这有何难？俺即刻上山，拿证据给你们瞧。"一仰脖，将手里的酒倒入肚中，又胡乱吃了些东西，披上蓑衣，戴上斗笠，冒雨向山上行去。在场众人中，有老成持重者，暗自摇首，自言自语道："一介匹夫，徒逞血气之勇，准会被那恶神撕成碎片的。"这么嘀咕着，却并不起身拦阻。

那个莽汉名叫大藏，身高腿长，脚程极快，太阳尚未落山，他已赶到了佛殿附近。他绕着佛殿巡视了一圈，不见有何异样。过不多时，红日西斜，山林间刮起了阵阵大风，松柏杉桧被风吹得呼呼作响。暮霭四合，天色渐暗，山野寂静无人。大藏心道："哪有什么恶神？多半是和尚们编造出来唬人的。"

---

① 伯耆国：属山阴道，俗称伯州，今鸟取县中部及西部。
② 申时：下午3点整到5点整。

雨慢慢地停了，大藏脱下蓑衣，摘掉斗笠，点火抽了一会儿旱烟。这时天已经黑透了，大藏便寻思着到山顶的神社去。林中落叶遍地，他大踏步向山顶攀去。约莫行了十八町远，大藏看看差不多了，便想在周围找件东西，作为自己上过山的证明。他四下里一瞅，见不远处有个香火箱，便走上前去，背起箱子，转身下山。哪知背上的香火箱突然剧烈摆动起来，仿佛生出手脚一般，猛地把大藏提起来，带着他朝空中直飞上去。大藏惊慌失措，急忙叫道："救命啊，救命啊，饶了小人这一回吧！"哪里有人睬他。箱子越飞越疾，片刻之后，大藏脚下传来"哗啦啦"的海浪声，原来已飞到了海边。他心里更加害怕，死命抓住香火箱，生恐掉进海里去。

终于挨到了天明，香火箱"砰"一声，掉到了地面。大藏睁眼一看，自己身处海边的一座神社旁，神社四周栽满松树、杉树。一位银发苍苍、头戴乌帽、身穿祭祀白衣的神官，手捧祭神供品，向他走来。到得身前，问道："瞧你模样古里古怪，是从哪儿来的？"大藏答道："小的在伯耆国大山上，被神灵施法，连带这个香火箱，给扔到了此地。那神灵已先回去了。"

神官惊道："此事当真离奇。算你命大，竟能活下来。实话告诉你，此地是隐岐国①烧火权现之神社，离你老家远得很哩。"大藏瞠目结舌，泣告道："小人父母俱在，望能放我渡海返乡。"神官道："本地规矩，他国之人无故到此，需问明详情，方能放回。你等我将供品上好，一起去我家里再说。"

大藏被神官带回家里，仔细盘问了一通，又被带去目代②那

---

① 隐岐国：属山阴道，俗称隐州，今岛根县之外岛。
② 目代：日本平安时代中期到镰仓时代，国司在行政上的代理人。

儿。神官禀告道："今晨祷告祭祀时，因失手将供品打翻在地，急忙回转家中重新准备供品。当我再度返回神社时，见松柏旁边站着一个外地来的陌生人，自陈乃伯耆国人，因受神灵惩罚，身不由己来到本地。该如何处置此人，请大人裁断。"

目代道："既是被神灵发落到本地，我也不便过问。就当他无罪，让他打哪儿来，回哪儿去好了。"神官遵命，等到下午涨潮时，令人押送大藏上了开往对岸出云国的船。

这艘船荷重达八百石，也算得上是条大船了。顺风行驶，速度颇快。大藏却道："跟俺昨晚插上神的翅膀相比，这速度真够慢的。"大船从辰时①出发，三十八里的海路，至申时便抵达出云国。出云关所的官长问清事由，鄙夷地唾道："竟敢亵渎神灵！呸！"盖好验关文凭，挥手让大藏快点走人。此后沿途每经过一村，村中都派两个人押解大藏。七日后，大藏终于回到老家，被押到目代处听候发落。目代判道："此事罪责较轻，杖笞五十，交由村长领回。"

村人们得知大藏返乡，奔走相告，有人急忙跑到大藏家，告诉他母亲和嫂嫂这个消息。母亲想不到大藏还能活着回来，喜极而泣，站到门口翘首等候。不一时，村长领着大藏回到家。母亲见儿子一脸憔悴，赶忙端出饭菜，先让大藏吃了个饱，又端水让他洗脸洗脚。父亲盘腿坐在佛像前，朝空中吐着烟圈，冷冷地望着儿子。兄长要去山上劳作，瞪眼道："你竟能无恙生还，真是不可思议啊！"说罢挑担持镰，出门而去。村里的那些狐朋狗友，听了消息，也纷纷赶来问候大藏，都道："以后可不敢再吹牛了。这

① 辰时：上午7点整到9点整。

次没被那恶神撕成碎片，已是大大的侥幸了。”

是夜，大藏饱睡一晚，直到次日晌午才起床。从此以后，他凡事都与父母商量，每天跟随兄长上山劳作，处处小心谨慎。村里人笑道：“自打从隐岐国回来，大藏真是变了个人。就像罪囚遇到大赦一样，规矩多了。”于是给大藏起了个绰号，叫“大赦藏”。

数日后，大藏向母亲说道：“俺这条命能保住，多亏了大智大权现①保佑，没让那恶神害了俺。俺能改掉以前的坏毛病，也得感谢大智大权现。所以俺想去山上的神社拜谢一番。”母亲不放心，劝道：“倘若品行端正，心中不生邪念，在家里拜佛与上山拜神社，都是一样。你现在还是好好拜佛，过段时间再让你兄长和你一起去拜神。”大藏的父亲却说道：“若那恶神憎厌于你，岂能容你活命？去便去吧，早点回来。”嫂嫂也劝大藏之兄道：“那你就和他一块儿上山吧。”兄长冷笑道：“其实父亲说得有理，恶神若要害他，就算我在旁边，也护不住。还是让他自个儿去吧。他心里是什么想法，神明自然清楚。”大藏原本胆子就大，见兄长不情愿同去，也不勉强，道：“那俺速去速回。”说完出门往御山行去。

几个时辰后，大藏从神社回来，道：“在神前献了香火钱，多谢大智大权现保护俺不被恶神伤害。还顺便找回了那晚丢在山林间的蓑衣斗笠。”母亲欢喜道：“蓑衣斗笠丢了也不打紧，你能平安归来就好。”

---

① 日本佛教有“本地垂迹”一说。所谓本地垂迹，是指作为本源的佛、菩萨，为了拯救日本的芸芸众生化身为日本的神，这些化身就被称为“权现”。

大藏还神心愿既了，此后老老实实地跟着兄长伐木担柴，对父母也尽心奉孝。他本来就力大无比，劈树砍柴远胜兄长，赚的钱自然也比兄长多。母亲与嫂嫂十分高兴，经常夸他能干。

大藏埋头苦干，到了年终岁末，竟攒下了三十贯钱。父亲和兄长颇感欣慰，将钱锁进柜子里。母亲和嫂嫂买来布匹，为大藏做了件新棉衣。

新年歇假，大藏无所事事，无聊中又去了那家小酒馆，滥赌一气，结果欠了一屁股债，被人到处追逼。他只好躲在家里，整整两天不敢出门半步。后来寻思着，这赌债利上滚利，拖得越久，欠得越多，还是要想办法填上，便打起了那三十贯钱的主意。他向母亲撒谎道："今日要和几个朋友一道去神社拜春，需要拿些钱供奉给神社。"母亲道："那你要早去早回，山上过了申时便不安全了。"边说边打开柜门取钱。大藏跟在后头，央求母亲多给些。母亲道："往日拜春，只需这么多就够了，为何多要？"说着拿了一百多文铜钱给大藏。大藏眼睛朝柜里一瞥，见里头大概还有二十多贯钱，便道："俺说实话吧。新年里一闲下来，俺老毛病又犯了，赌输了钱，被人追债，实在是没法子了。这二十多贯钱您就当是借给俺，俺先拿去把债填上。等开春上山，俺一定死命干活，赚了钱还您。"

母亲见大藏死乞白赖的模样，怒道："岂有此理！我满心以为你已经改邪归正，哪承想又去滥赌！莫说目代年年新春都在严查聚赌，就是神明知道了，也会惩罚你的。这些钱是你兄长放在柜中的，你要拿，先问过他再说。"说着要把柜子锁上。大藏到了这地步，哪能容母亲不给？他一手用力按住母亲，喝道："不准叫，父亲在午睡，别把他吵醒了。"一手抢过钥匙，从柜里抢出那二十多贯钱，顺手把母亲塞入柜中，将钱往肩上一甩，夺门而出。

孰料嫂嫂正从门外进来，两人撞了个正着。嫂嫂见大藏肩上扛着铜钱，大声斥道："你要把钱拿到哪里去？这些钱是你哥哥清点好锁进柜里的，你不能拿走！公公快来啊，大藏又干坏事了。"

大藏父亲一惊而醒，顺手抄起一根棍棒，冲到院子里，劈头盖脑朝大藏打去。嘴里骂道："畜生，竟做起强盗来了，今日须饶不得你。"大藏铜皮铁骨，棍棒打在身上没事人一般，闷声不响，直往门外闯。父亲在后追赶，不停咒骂道："畜生，你别跑，真是混账透顶！"大藏甩开大步，像韦陀①一般，越跑越快。父亲追他不上，气喘吁吁地喊道："来人啦，快帮我截住大藏那浑蛋。"

大藏的兄长这时候恰巧回家，迎面碰上大藏，当即抢步上前，扭住弟弟，厉声道："你这是干什么？这钱怎么在你肩上？"大藏也不答话，飞起一脚，将兄长踢翻在地。兄长这么一阻，父亲已经从后面赶了上来，拦腰抱住大藏。大藏叹道："您老人家一把年纪了，还想跟俺比力气么？"身子用力一抖，将父亲震开。此时春雪未融，父亲脚底一打滑，跌进了路旁一个冰冻的池塘里。兄长慌忙扶起父亲，怒道："你连亲生父亲都敢打？"大藏不知该如何解释，索性不理会，大踏步疾奔而去。父亲毕竟也是樵夫出身，身子骨硬朗，不顾寒冷，将湿衣一撩，向前直追。

大藏跑出数百步，前面是一条河，一条大汉从河边直扑过来。大藏一看，来人正是在赌桌上赢去自己的钱的某个朋友，双臂上也颇有几分蛮力。他先发制人，趁那大汉还未站稳之际，兜头一拳，砸在大汉脸颊上，大汉登时蒙了。大藏顺势一踹，大汉翻身

---

① 韦陀：佛教中的护法天神，能飞善跑。

落水。大藏望着在水里扑腾着爬不上来的大汉，怒从心头起，骂道："若不是误交你这个损友，俺也不会沉迷赌博，输得一无所有，竟要去抢家里的钱来还债!"边骂边将岸边的一块大石头也踢进水里。刚好大汉正挣扎着爬上来，被石头"砰"一下砸中，连人带石沉入河底，丢了性命。

大藏见杀了人，心中发狠。此时父亲与兄长又追了上来，拼全力要把钱夺回去。大藏恶向胆边生，再也不管什么骨肉亲情，面露狰狞之色，将父亲、兄长一并踢入河中。可怜春寒水冻，父子俩又不识水性，挣扎浮沉了片刻，双双溺毙。

村民们得知消息，全都轰动起来。他们义愤填膺，自发组织起来追捕大藏。可是寻遍村子周边，都不见大藏踪影。大家便到目代处详细禀明案情，目代道："此人穷凶极恶，又身长善跑，想来早已逃窜出境。待我发下海捕文书，缉拿到案后，定严惩不贷。"遂命村长找人绘像，预备到处张贴。村长道："山村鄙陋，无人识得画图。不如改为详述罪犯体貌特征。"目代许之。于是在缉捕告示上写道："凶徒大藏，身高五尺七寸，体格壮健，相貌凶狠……"抄写多份，送往各国张贴。

大藏杀兄弑父，一路亡命，经筑紫逃到博多津。他在此地又参与了数次赌博，这回却是鸿运当头，赢了不少钱。可是没过多久，关所处就贴上了通缉告示。赌场的一干泼皮交头接耳，认出了罪犯就是大藏，但人人都害怕大藏凶狠，皆不敢上前捉拿。大藏见势不妙，又踏上了逃亡之路。

奔逃途中，钱袋因装钱甚多，极其沉重累赘。大藏便将钱袋埋到一棵树下，身边只留五两在赌场赢来的黄金。他扮作旅人，逃到长崎津，在一个小寡妇家暂住下来。白天去赌场赌博，晚上就回到小寡妇家歇宿。也是他时来运转，以往在家乡时，逢赌必输；如今流落异地，却每赌必赢，很快就积累了一笔可观的财富。

大藏手中有钱，胆气壮了起来，开始喧宾夺主，强迫小寡妇服侍自己。这天他由早到晚都在饮酒，喝得酩酊大醉，作势要打小寡妇。小寡妇十分害怕，想起以前曾在丸山妓院做过女红，便逃去那里，请求暂避。

大藏酒醒后，不见小寡妇来服侍，高声呼道："人呢?"里里外外把破屋翻了个遍，就是找不着小寡妇。心中默想道："她定是被俺醉酒的模样吓着了，又不敢吭声，所以躲起来了。平日里听她闲聊，说到曾在丸山妓院做过女红，准是躲到那儿去了。"言念及此，甩开大步，闯到丸山妓院，在门口大叫大嚷道："把俺的女人还俺!"丸山妓院的客人见他相貌狠恶，以为是活鬼上门，都吓得不知所措。大藏嚷了半天，见无人答应，便直闯入屋，一顿拳打脚踢，将妓院的屏风、桌椅尽皆损坏，又旁若无人地提起酒瓮狂饮。吃饱喝足后，撒起酒疯，吼道："还俺女人！还俺女人!"

妓院里有一位唐国来的客人，正在雅室里自斟自饮。大藏不管三七二十一，一脚踹开房门，闯进雅室，踢倒屏风，盘腿坐下，瞪着那个客人。那位唐国客人慌忙道："樊哙排闼①！樊哙排闼！我乃是唐国人，什么事都不知道。"老板丸山怕得罪了唐国贵客，忙向大藏作揖赔礼道："小的这里确实不曾有女子躲藏。壮士莫急，无论她跑到哪儿，都包在我身上，帮你寻找。"说着急忙叫仆人摆上酒菜，虽无熊掌驼蹄等山珍，却是满桌海味，味道极是可

---

① 排闼：推门，撞开门。见《汉书·樊哙传》："高帝尝病，恶见人，卧禁中，诏户者无得入群臣。群臣绛、灌等莫敢入。十余日，哙乃排闼直入，大臣随之。"

口。大藏连干数杯，高兴道："那位唐国的客人叫俺'樊哙'，想那樊哙乃唐国汉朝时的大英雄，好极了，俺以后就叫樊哙！"

大藏酒到杯干，喝得烂醉如泥，当晚就在妓院歇下。丸山暗中叫人去报了官。次日黎明，官府派的四五个差役来到妓院，向丸山道："那凶徒是伯耆国人，杀兄弑父，正被通缉呢！你去哄他出来，我们埋伏着绑他。"大藏这时也醒了，在里屋听得真切，知道无法逃脱，便开门出来，跪倒在地，假意说道："冤枉啊，小人并未杀害父兄。"差役听他这么说，戒心松了几分，围拢上来。大藏突然暴起，飞快夺下其中一个差役的公堂棍，挥舞开来。差役们吃了一惊，等回过神来，大藏已逃远了。

由于全国各地都有通缉告示，大藏再也无法在某处安顿下来，只好四处漂泊，东山藏一天，西野躲一日。吃不好，歇不好，终于挨不住，感染了疫病，委顿在山路边上。他大声地呻吟着，好似狼嚎一般，路人们害怕极了，都不敢上前探视。

病了数日，总算大藏身子壮实，底子好，烧慢慢退了，人也清醒过来。但因多日不曾进食，浑身绵软乏力，站不起来，只得勉强支撑着爬到山路正中间，等行人路过施救。到了夜里，有人走了过来，听到呻吟声，在月色下见到大藏，忙问："你是何人?"大藏道："俺是个旅人，数日前在此病倒，如今虽然退了烧，但多日没吃过东西，浑身无力。求你随便施舍点吃的给俺。"

路人点燃松明，照见大藏虽然面目狰狞、蓬头垢面，但确实是人非鬼，便放下心来。他沉思片刻，似乎在打什么主意，接着伸手从腰间取出饭盒，拣出几个饭团递给大藏。大藏狼吞虎咽，顷刻间将饭团吃得干干净净，拜谢道："大恩没齿难忘，容当后报。"路人笑道："瞧你这副模样，落魄潦倒，能以何为报？不如跟了我去，落草剪径，也能养活自己。你看如何?”

大藏肚中暗笑，答道：“原来阁下是位专做没本钱买卖的好汉。那你算找对人了。俺惯常赌博酗酒，与你本是一路人。只是赌博讲的是运气，俺空有一身力气无处施展。这下好了，若去剪径为盗，正好‘人尽其才’。哈哈!”

强盗喜道：“没想到你这厮胆子还挺大。我曾看过一张通缉告示，告示上描述的逃犯样貌，与你十分相似，难道你就是那个伯耆国杀兄弑父的大藏?”大藏道：“你既已知晓，也不瞒你。那件歹事正是俺做下的。所以俺来往各地，与常人交往，总不能放心。若能与阁下一起上山为盗，那是再好没有。”强盗惊叹道：“你连父兄都杀，真够狠，是干这行的好料子。今夜你纳个投名状来，便算你入伙了。”大藏道：“何为投名状?”强盗道：“据线报告知，子夜时将有客商途经此地，马匹上负有巨资，身边却只有一个老足轻[①]护送。我料那马上载的，必是黄金。你去将那客商和老足轻杀掉，这就是投名状。如何?”大藏道：“杀人不难。只是夜凉天寒，须当下山喝几杯酒暖暖身子，到时方好下手。”强盗道：“说得是。我也颇觉寒冷。”两人便一同下山，约莫走了十町远，见前面有个小酒家，遂上前敲门买酒。

此时酒家早已关门，里头有人应了一声，打开门。强盗道：“店家，有啥好酒好菜，统统端上来。”说着摸出金一分[②]，掷到桌上，道：“深夜叨扰，失礼了。先把酒钱给你。”

店家见他出手阔绰，甚是高兴，急忙张罗起酒菜来。他先把酒热上，又去邻居家买来鲔鱼，料理好鲍鱼，煮了一锅豆腐汤，

---

① 足轻：最下等的武士。平常从事劳役，战时成为步卒。

② 金一分：一两金子的四分之一。

一起端上桌来。强盗与大藏连声赞好，敞开肚皮豪饮猛吃。酒足饭饱后，看看夜色也差不多了，起身离去。店家这时已认出强盗是当地有名的草寇，但另一个身材高大的却不认识。他心道，可能是同伙吧？也不去多想，将残酒剩菜吃完，收拾好杯盘，自去歇息。

强盗与大藏再度上山，在一片密密的林荫间隐藏起来。没过多久，传来一阵马铃声，强盗叮嘱大藏道："点子来了，小心行事。"大藏道："管保跑不了。"横臂将一棵丈余的松树连根拔起。强盗赞道："真是神力！"

少顷，马蹄声由远及近，已到了眼前。大藏闷声不响，挥起松树，斜刺里直扫出去。客商不备，被连人带马打个正着。跟在后边的老足轻，吓得连刀都不敢拔，转身就逃。大藏大步赶上去，骂道："没胆子的家伙。"一甩手，将老足轻扔下山谷。回转身来，一脚用力踩在马腹上，道："俺还从来没弄死过一匹马呢！"那马连连惨嘶，气绝而死。大藏嫌解下马背上的包袱麻烦，扯了几下，将绳索扯断。强盗直夸他办事干净利落。两人打开包袱一看，不得了，包里竟有千两黄金。大藏笑道："咱们取了黄金去，这包袱皮拿了也没用，不如给那马盖上吧。免得它夜深着了凉。"

此时天尚未亮，两人携了黄金，急急下山。强盗带大藏来到岸边，只听海面上有人用暗语轻声问道："海波涌起，岸边可有人在？"强盗应道："快来。"立时划过来一条乌篷小木船。强盗请大藏上了船，两条大汉迎道："大哥今夜收获如何？"强盗笑道："多亏了一位好兄弟相助，挣得了一注大财。快上酒，好好庆贺一番。"两条大汉道："赶巧捕了两条大鱼，大哥有口福。"将捕到的鲷鱼细切成脍，呈上来。大藏与众人见礼，说道："在下今后便叫樊哙了，望众位兄弟多加关照。”将头发高高绾起，旁若无人地饮酒食脍。众盗见他豪气干云，都颇为钦服。

樊哙问那盗首道：“尚不知大哥如何称呼?”一条大汉答道：“咱们大哥名叫村云，昔日乃相扑高手。后因与人相争，落下罪名，被逐出故乡。他寻思着与其在乡间受辱，不如轰轰烈烈、快意恩仇来得痛快，便落了草。三年来，他带着咱们上山入海，劫掠富户不费吹灰之力。从山阳道、筑紫九国之间，到伊予、土佐、赞岐，都是我们纵横的天地。官府公人俱是饭桶，从不曾捕到咱们。你来看，上了岸，便是伊予国。虽没有千金买醉的奢华场所，却也能到熟田津温泉好好泡泡，舒舒服服地享受到来年开春。美酒海鲜更是少不了。”

聊着聊着，天色将明，村云令二盗将小船划到岸边，说道：“你二人即刻上岸，在伊予国待上一段日子，小心别让官府中人盯上了。我明年春再来找你们。这些金子分给你们，安生度日，莫再干不法的勾当。我要扮作商人，去饰磨津办事。”言罢，取出黄金，各自分了。樊哙也得了一百两黄金。

别过二盗，村云与樊哙径奔一间温泉客栈而来。店家问道：“二位客官打哪儿来?”樊哙道：“俺二人专为游览弘法大师的遗迹而来。隆冬之际，打算泡几日温泉再去观瞻。”店家见二人相貌凶恶，心道朝圣的人当中，也有居心不良者，不可不防，勉强让二人住进客栈。

樊哙眼瞅店家脸色，心想自己这般模样，确实太招人避忌。那通缉告示已贴得到处都是，终归会被人认出。干脆改换相貌，变成个和尚掩人耳目。遥见对面山峰上，有间小寺院，樊哙便向寺中行去。

到得寺院，一个年迈的老法师正在默诵“南无阿弥陀佛”，樊哙纳头便拜，恳求道：“大师，俺乃京都人氏，原本与母亲前往四国观礼，不料昨日下船时，母亲一脚踏空，失足跌入海中。俺急呼船夫救人，船夫却道：‘此刻正是涨潮，海水下颇多鳄鱼噬人，令堂必定已然无幸，我等可不愿再白白搭上性命。’俺悲痛万分，心想父亲早已亡故，家中由大哥主事，如果回乡告知家母落水身亡一事，大哥与俺不和，必然责怪俺照顾不周。届时逐俺出门，岂不凄惨？与其流落天涯，不如削发为僧，拜师参佛，而后游遍六十六国①，修来生福祉。俺满头俱是烦恼丝，请大师帮俺剃度了，再赠一袭旧僧袍吧！”说着，从村云所分的百两黄金中，拿出一两，郑重地双手奉上。

那老法师僻处一隅，一辈子只见过山吹花在春天绽放时的金黄色，何尝真正见过熠熠闪光的黄金？急忙一把抢过，放入怀中，笑道：“这就帮你剃度受戒。”樊哙双手合十道：“愿佛光普照，金刚度世。南无阿弥陀佛。”在诵佛声中，头发缕缕落下。

剃度完毕，樊哙自觉浑身轻松，心中甚喜。老法师翻出一件暗灰色的旧僧袍，披在他身上。那僧袍残破不堪，手臂都无法穿过袖口。但樊哙并不介意，向老法师深施一礼，大步离开山寺。

他担心村云等待太久，三步并作两步，疾速奔回客栈。村云见他身披僧袍，打趣道：“怎么变成个法师了？失敬失敬。只是僧袍太不合身，我让人给你买一件新的。”遂掏钱让店家去买了一件上等的深灰色僧袍。樊哙道：“俺粗坯一个，身高体阔，穿着合身

---

① 这里的“国”，并非“国家”之意，而是指行政分区名词“令制国”。日本的一国，行政上相当于中国的一个州或县。全日本共分为六十六国。

的衣服，别人看了反而不顺眼。”村云笑道：“那只好弓腰屈背地修行喽。日后再买个云游笈①，装你的衣物。”樊哙道：“无须再买什么笈囊了，俺无牵无挂，一身都献给佛祖了。愿佛光普照，金刚度世。南无阿弥陀佛！”

二人在客栈中又住了几日，村云说要动身前往饰磨津，樊哙便与他同行。他们乘船来到播磨国，去饰磨津拜访村云的叔母。寻到门户后，敲门进屋。村云向叔母问安，叔母道：“贤侄多时不来，家中钱粮短缺，这回要多留些财物。”说完出屋打酒买菜。

村云和樊哙在饰磨津又住了二十天。一日，樊哙收拾行囊，戴上斗笠，穿好僧袍，告别道：“俺想到东边去看看，一边云游一边修行。”村云笑道：“逢坂山②就在京都通往东国的道路上，那里有个小村子，家家户户都以绘图卖画为生。你这副尊容像极了画上敲钲念佛的鬼怪，一定要去瞧瞧。”

樊哙大笑，与村云痛饮数杯，道别出门。他担心大道上有官府盘查，只拣山间小径绕行。行到一片广阔的荒野时，已是日薄西山，周围不见一家客栈。又向前赶了一段路，终于望见旷野上有户人家，急忙快步上前，请求借宿一夜。屋里有位老妪，抬头见樊哙一脸凶相，颇感害怕。但转念一想，家徒四壁，即使来的真是强盗，也无物可抢。便镇定下来，说道：“明天乃亡夫忌日，我儿子去惣社买米，您请进来坐。顺便给先夫念念经，祷祝冥福。”

樊哙道了谢，走进屋里，坐到地炉边上，说道：“还是屋里暖

---

① 笈：用竹、藤编织的行囊，用来放置书籍、衣巾、药物等。

② 逢坂山位于今日京都府与滋贺县的交界处，是从京都往东国的必经之地。因山腰上有两条坂道交叉会合，故名“逢坂”。

和啊。”伸出双脚，在地炉旁烘。老妪从灶头端来一碟芋头，道：“别无食物招待，请大师将就些。等我儿回来，就有米下锅了。”樊哙腹中正饥，接过芋头，赞道：“真香。”将芋头吃得干干净净。

这时，有个人走进屋里，套近乎说是老妪的邻居。其实他住在河对岸，离这儿还有一段距离。他的身后跟着一个商贩模样的人。邻居对老妪道：“令郎出去了？这位客商是到本地收兑金子的，听我说起您家里有一点黄金，便告诫说：‘黄金乃珍贵之物，赝品甚多。比如在春日大坂的祭礼、京都鞍马寺的初寅参觐日，卖给香客的，都有可能是假黄金。’他古道热肠，吃完饭就赶了过来，要帮您鉴别下黄金的真伪。”老妪道：“那点金子，也不知道被我儿子藏哪儿了。他只说要留着应急，平常也没见他拿出来。”就在说话的当口，儿子背着米，推门而入。老妪对儿子道：“有位大师来家里借宿，我去给他做饭。还有邻居带了一位客商过来，说要帮忙鉴定下黄金真假，你拿给他们看看。”说着自去灶下生火，淘米做饭。

儿子答应一声，从神龛中取出一个纸包，金光闪耀，从纸包的缝隙中露出。商人看了，知是真货。欲待说几句唬人的话，低价兑换黄金，却见樊哙目不转睛地望着自己，神情狠恶，目露凶光。他不自禁地打了个哆嗦，不敢撒谎说黄金是假的，便道：“这些黄金货真价实，两贯钱兑给我，如何？若不要现钱，可折算为三斗米，我去惣社买来，送到你家。”

樊哙听了，冷笑数声，道：“贫僧云游天下，黄金见过不少，对于金价清楚得很。这些金子最少能换米一石，兑钱七贯。”

商人语塞，只好支吾道：“小的向来在小地方走动，对黄金价码不太明了。”说完找了个借口溜之大吉。邻居也急忙告辞离去。

樊哙对老妪母子道："那人是个奸商，虽然并不抢劫，行径却与强盗无异。如果今天俺不在场，你们肯定要受骗了。这些黄金收藏好，以后不要再拿出来了。"说着从行囊中捧出已不足百两的黄金，金光闪闪，照得一室皆亮。樊哙将其中一枚交到老妪手上，道："多有打扰，这枚金子就当作饭钱和歇宿钱吧。"老妪慌忙道谢，道："大师真是太客气了。不过是歇息一晚，哪用得着给黄金啊！"她收下金子，又道："明日还给大师煮饭、蒸芋头吃。"樊哙感慨万千，觉得这乡下地方的人，真是淳朴如上古羲皇之民。

次晨，樊哙早起，为老妪的亡夫诵经祷告。有个黎明就上山砍柴的樵夫听到诵声，寻到屋门前，自语道："怎的屋里的声音如此粗鲁洪亮？难道闹鬼了？"从门缝往里一瞧，原来是个大和尚在念"南无阿弥陀佛"。于是释然道："虽然粗鲁，终归是个法师。嗯，今日是这户男主人的忌日，应该做一做佛事。"这么想着，转身离去。

樊哙诵经毕，起身向老妪辞行。老妪有些不舍，道："若得空，望能再来寒舍。老身一定到惣社买来明石浦的裙带菜、香菇、冰豆腐，好好招待大师。"樊哙感其至诚，挥手作别。

他继续向东而行，跋山涉水，健步如飞，黄昏时已抵达难波津。这里不愧是全国第一大港口，各地来往的船只，都停泊于此。樊哙担心在此撞到熟人，连旅店也不敢去投宿，找了座无人的荒寺，胡乱将就了一夜。

天明时，枝头鸟儿鸣唱，吵醒了樊哙。他戴好斗笠，拄杖穿越市衢。一路上小心翼翼，尽量不往人多喧哗处走，也不朝拜住吉神社和天王寺，径取河内、和泉，经纪伊路、大和路，略作游览后，来到京都。京都虽不如难波津人多热闹，樊哙却仍然担心会被认出，寻思着今冬还是先去北陆雪国潜藏，等明年开春再去东国游赏。于是大步疾行，沿着近江湖岸，朝越前进发。

连行数日，向路人询问了去敦贺港的途径，披星戴月，往荒乳山关所而来。当晚月明星稀，月色照在枝头，白雪皑皑，别有一番雪国情调。

行了里许路，见前方一人，五短身材，盘腿坐在一块岩石上。他冷冷地瞅着樊哙渐渐走近，突然暴喝道："那过路的秃驴，身上盘缠不少吧？把买路钱留下！"樊哙尚未回答，背负的行囊已被人扯住，身后有一人道："这囊中沉甸甸的，肯定装满了金子。"樊哙扭头一看，身后那人样貌凶狠，正瞪着自己。他将行囊放到地上，笑道："不错，这里面都是金子。要的话，只管拿。"说着在矮子左边的岩石上坐下来，掏出旱烟，旁若无人地抽起来。

两个劫匪面面相觑，骂道："这秃驴倒挺大胆。"提起行囊，将囊中金子仔细数了一遍，共有八十两整。樊哙冷笑道："俺就当送钱给儿子花了，尔等把金子分了吧！"两劫匪大怒，一人口中骂道："贼秃，寻死么？"扑上去要打樊哙。樊哙飞起一脚，将那人踢了个筋斗，仰天而倒。另一人企图抱住樊哙，被樊哙反剪双手，一把摔翻在地。樊哙厉声道："尔等且听我一言。要干拦路剪径的勾当，凭你们这点力气，随时没命。不如跟俺干吧！这几十两金子算什么，日后包管应有尽有。"他手指矮子道："你个头矮，就叫小猿。"又指着另一人道："你相貌凶恶，像夜里拘魂的鬼卒，就叫月夜。"二人俯首听命。

樊哙道："俺今冬须暂匿于越前，你们帮俺安排个可靠的去处。到了明春，自有你们的好处。动身吧。"

三人结伴来到加贺国，小猿、月夜恭恭敬敬道："山里有一温泉，可以汤浴疗疾。大哥，咱们就去那儿赏雪洗浴，一直待到春天，你看如何？”樊哙点头叫好，便让二人找了家合适的客栈。店家识得二人乃是惯盗，却被一个大和尚制得服服帖帖，如仆役般被呼来唤去，颇感诧异，就让他们在客栈中安顿下来。樊哙又约束二人不得肆行胡闹，店家十分高兴。

大雪飘飘扬扬，仿佛永不停歇。泡温泉的客人们聚在一起聊天，都说：“瞧这积雪，可比往年深多了。”有位山寺的僧人吹奏起了匏箫①，妙音雅乐，袅袅不绝。樊哙十分爱听，便请僧人授艺。僧人见有人欣赏，心中欢喜，答应传授樊哙乐艺。第一首教的是《喜春乐》。别看樊哙外表粗豪，却颇有音乐天赋，不但节拍契合，而且由于体壮胸宽、中气十足，吹起匏箫来清亮悠远，空灵动听。僧人赞道：“妙极妙极，您难道是妙音天②转世？”樊哙打趣道：“岂敢。别说天女了，就算是服侍天女的鸟兽中，也找不到像俺这么丑的。”僧人瞧着他那张笑脸，的确是够难看的。不由得也笑了起来，说道：“能认识您，今冬也不枉了。待我回到寺中，安排好明春诸事，定然再回此处，与您同奏雅乐。此刻再教您一曲，如何？”樊哙道：“那倒免了。俺会吹一曲，已然称心如意。学太多首，过于繁杂，反而记不住。”僧人告辞道：“也好。那么明年开春，您一定要上山一趟，我还想再听听您这位妙音天的妙艺呢。”樊哙应了，叫月夜送僧人出门。他自己取了一张纸，写上几句道谢的话，再将一枚金币包在纸中，作为谢师礼交给僧

---

① 匏，中国古代“八音”之一。古乐器中的笙、竽属于匏音。箫，又名洞箫、单管，一般由竹子制成，上端有一吹孔，竖吹。

② 妙音天：又名大辩才天、大辩才功德天、美音天等，是婆罗门教、印度教的文艺、语言女神。其声曼妙，能奏仙音妙乐。

人。僧人得了意外之财，大喜过望，自回寺中去了。

此后，樊哙便经常携带匏箫，到温泉吹奏。可惜雪越下越大，客人们都陆续回乡去了。清音无人赏，樊哙大生寂寞孤清之感。遂向店家打听，可有别处可供玩赏。店家答说，粟津亦有温泉，是个过冬的好去处。而且距离加贺也不远，几天时间便到。樊哙便决定去粟津。临别时，他付了一笔可观的宿费给店家。

到得粟津一看，游人如织，摩肩接踵，果然是个繁华所在。他四处游览，每到一处，必奏《喜春乐》。城中有一人颇识音律，说道："大师妙音，宛如天籁。只是翻来覆去都是一首乐曲，有些单调。在下愿以横笛相和。"从身上取出横笛，与樊哙箫笛合璧，共奏一曲。一曲终了，两人惺惺相惜，那人道："大师技法高妙，音色纯正、嘹亮昂扬，在下生平仅此一闻。恳请屈尊光降敝宅，盘桓一两日。在下也好就近请教。"樊哙见盛情难却，便答应了。

次日天刚亮，就有仆人来到樊哙歇宿的客栈门口，迎接樊哙去那人宅邸。樊哙同两个手下到了宅门前，但见重檐斗拱、丹楹刻桷，竟是户豪门大家。樊哙撇撇嘴，低声对小猿道："这家的宝贝肯定也不少，嘿嘿。"

主人热情地出来迎接樊哙，将他请入内室。有一个吹筚篥①的高手已在室内安坐。三人合奏数遍，吹筚篥者如痴如醉，叹服不已，激赞道："妙！妙绝天下！"

午间，主人命张宴款待，鱼肉美酒摆了整桌。主人持杯劝酒道："此前在粟津温泉时，在下见大师不避荤腥，酒肉尽欢，想来

① 筚篥，又称悲篥、笳管、头管，是由古龟兹人发明的一种簧管乐器。竖吹，其声低沉悲咽。

大师定是一向宗①高僧吧?”樊哙哈哈大笑，也不答话，酒到杯干，喝到得意处，又取出匏箫吹奏。主人与吹筚篥者侧耳倾听，丝毫不敢怠慢，齐声赞道：“一向宗所修，一心一向也。以一心一意所奏妙韵，真仙乐也。”

樊哙在这富人家住了月余，到了二月初三，告别主人，沿着能登海岸环游。旅程中听闻这一带尚是大雪封冻，便琢磨着八千代地区的千鸟鸣啼，自己已然听过，何不改道去越中的立山地狱谷②见识见识？于是一行三人转向立山。

登上立山后，放眼群峰巍峨，山头尽皆覆满白雪。樊哙问道：“地狱谷位于何处?”小猿、月夜答道：“我等也不知晓。听说谷中厉鬼横行，所以从来不敢去那里。”樊哙无奈，在立山兜兜转转了半日也找不到入口。他气鼓鼓道：“什么地狱谷？不过徒有其名罢了。”拂净身旁一块大石上的积雪，打算坐下歇息一会儿。

忽地，眼前一花，身前竟出现了三个形貌枯槁、骨瘦如柴的人，眼中饥火直冒。小猿、月夜惊道：“这些肯定是饿鬼！快，快给他们一些吃的。”樊哙从腰间解下食盒，递了过去。饿鬼们狼吞虎咽，埋头大嚼起来。樊哙掏出匏箫，悠悠扬扬地吹起来。乐曲声清亮高亢，在峰峦间回荡。凡人听来这是天籁之音，饿鬼却听得胆战心惊，霎时间消失无踪。樊哙自语道：“今日在立山驱鬼，

---

① 一向宗，即净土真宗，又名本愿寺宗、门徒宗。因一心一向归命阿弥陀佛，故称为一向宗。一向宗废除了所有清规戒律，信徒可以喝酒吃肉，娶妻生子。

② 立山地势险恶，其中有个地方因火山喷发而熔浆滚滚，就像想象中的地狱一般，人们就把此地命名为“地狱谷”。据《今昔物语集》记载，人类若是造孽太多，就会坠入地狱谷。古日本人认为攀登立山就相当于经历了从地狱到“极乐净土”的过程。攀登立山归来，就等于洗刷掉现世的罪过和肮脏，获得了新生。

也算修行了一场，不白来一趟。”言罢下山而去。

此时神通川由于雪已融化，可以从舟桥上通行了。樊哙起了玩心，涉水走到河中央，恰巧一棵小树从上游冲下来，漂到河心时，被舟桥拦住。樊哙毫不费力地捞起小树，除去枝丫，笑道：“倒是根好木杖。”拄着木杖踏桥过河。

到了对岸，三人商量好，去大津浮岛赏玩。走到半道，却撞上了村云。相互寒暄了一阵，村云道：“兄弟的海船被官府给查抄了，虽折了不少本钱，好歹逃了出来。”樊哙道：“俺在北越整整过了一个冬天，泡温泉泡得够舒坦，而今手脚暖和，正打算去大津浮岛呢。”扭头命小猿、月夜先去山脚找家客栈，自与村云同往浮岛。

在一个巨大的湖沼里，浮着两小块陆地，水鸟在上头跳跃嬉闹。樊哙指着一块正向湖沼中心漂移的浮岛，道：“咱们跳上去，到水面上耍耍。”村云应了一声，先跳到那块浮岛上，樊哙趁其不备，用力将浮岛推向水中央。村云惊道：“做什么？”樊哙也不睬他，取出匏箫吹起《喜春乐》。奏完哈哈一笑，不顾村云还在浮岛上，自行下山去客栈投宿。

次日樊哙起身，正要离开客栈，村云迎面拦住他，怒道：“无情无义的家伙！想当初是我救你一命，还分了百两黄金给你。昨日为何捉弄于我？”樊哙道：“羞也不羞？那千两黄金是俺出力夺得，你只分百两与俺，还好意思提？故而昨日小小戏弄一番，这件事就此揭过了吧！以后咱们还是兄弟。”村云低头想了片刻，道：“既然如此，我就不追究了。”四人便结伴进城。

入城后，小猿、月夜道：“此城乃某国守大人的领地，甚是富庶繁荣。城中有一豪宅，系国守大人的同族所居。那同族虽然无官无职，却是北陆道的首富。”边说边领樊哙来到豪宅外墙。只见墙体全部用石头筑成，粉刷得雪白。高门敞轩，一望可知是座深宅大院。樊哙道：“自落草为盗以来，迄今未偷盗过一次。今夜倒要来个‘名正言顺’，潜入这家一试身手。”四人遂分头查看地形，将豪宅前后左右的情况摸了个遍。

查探完毕，抬眼见天色尚早，四人找了一家小酒肆吃饭。樊哙一进门，便拿出金子扔在柜台上，喊道：“店家，要十升热酒，快!”店家见他们的相貌皆非良善之辈，叫了一声苦，知道即使他们不给钱，也怠慢不得。急忙温了酒，端上桌来。樊哙又问道：“可有下酒之物?”店家答道：“尚有少许山中猎物。”遂将兔肉、野猪肉烹好端出。四人推杯换盏，饱餐一顿，待到夕阳西下，离酒肆，直奔豪宅而来。

明月在天，高墙耸立。四人聚在僻静处，商量如何下手。樊哙手指宅内一所屋子，道：“此屋定是金库。虽然从表面上看，与其他屋子并不相连，其实却有回廊连接主屋。小猿身形瘦小，随俺来。”二人来到高墙下，樊哙将小猿驮到肩膀上，吩咐道：“你抓住伸出墙外的松树枝，顺着树干滑下去，而后悄悄打开边门。”

小猿照樊哙所说，潜入豪宅，掩至边门前，却见边门被两副大铁锁紧紧锁住，若无工具根本别想打开。樊哙在墙外等得急了，骂道：“石墙靠人筑，铁锁也是人锁的。亏你还是个强盗，难不成只会拾稻穗？月夜，你进去帮他一把。”又将月夜驮到肩膀上，照老法子潜入宅中。

哪知左等右等，等了一个多时辰还不见边门打开，樊哙再也忍耐不住，金刚怒目，暴喝一声，将手插入石墙缝隙中，用力一扒，石墙被扒了个洞。樊哙从洞中钻进宅内，回头低呼，让村云快来。

四人悄无声息地掩到金库旁，那金库建得极其牢固。樊哙仔细观察一番后，说道："有了。"顺着房柱爬到回廊的飞檐上，又从檐顶跃到金库屋顶。而后伸出锡杖，低声道："小猿、月夜，照我刚才的法子爬到回廊的飞檐上，再抓着锡杖爬过来。"小猿与月夜终究是盗贼出身，身手敏捷，轻而易举地爬到廊檐上，抓住锡杖，又爬到了金库屋顶上。

樊哙将屋瓦掀掉四五块，露出屋顶铺的薄木板，轻轻翻开薄木板，提起小猿、月夜，扔进金库里，道："你们去取金子，麻利点。"此时夜阑更深，哪怕只是极微弱的声响，也能引起警觉。幸好金库距离主屋有一段距离，樊哙的话语声、二盗的落地声，都未惊动宅中诸人。樊哙摸出打火石，点燃火绳，扔给二盗。二盗靠火绳照明，下到金库最底层，四周绕行查看一圈，但见屋中尽是装满金银的箱子，看来这金库还不小。二盗各挑了一个金箱，扛着登上台阶，回到金库顶层，却没办法把金箱弄到屋顶上去。

樊哙探头道："屋里找找，看可有绳索？"二盗回身寻找，果然见地上放着一圈麻绳。樊哙道："把麻绳绑在身上，先上来一个。"月夜去底层搬来梯子，小猿将绳索绑到身上，攀着梯子向上爬，却仍然够不着屋顶。正没法子时，樊哙伸出锡杖挑住小猿衣领，把他提出金库。接着，樊哙又命尚在屋中的月夜把金箱捆好，锡杖一挑，如提桶打水，把两只金箱全挑上屋顶。随后月夜也出了金库。

三人开箱一看，金光耀目，估摸着能有两千两黄金。急忙又将金箱吊到地上，村云在底下接应着。樊哙用绳索将小猿、月夜送到地面，自己飞身一跃，也安全落地。四人扛着金箱，从原路退回，再由石洞钻出豪宅，俱都毫发无损。村云对樊哙道："观兄弟行事，甚是老练，还真不像新手。哈哈。"樊哙不理他，开箱取出黄金，道："那次俺落难时，你给了俺几个饭团救命，又分俺一百两黄金。今日连本带利，还你千两黄金。小猿、月夜，你们拿五百两，俺自拿五百两。"村云见樊哙豪爽大方，心悦诚服。

等到出了城，已是清晨。樊哙道："咱们一起在道上走，太惹人注意了。小猿、月夜，你们去江户吧。村云兄，你打算去哪儿？"村云道："津轻一带尚未游览过，咱们一起去逛逛？"樊哙笑道："俺正想去那里呢！"

四人找了一家酒馆，把酒饯行。喝够多时，樊哙醉意渐浓，说道："常闻唐人临别之际，都要折杨柳枝相送。今日俺也折些杨柳枝送你们。"言罢出店，走到河岸边，"嗨"一声，将一棵老柳树连根拔起，瞧了瞧，摇头道："这柳树也没什么稀罕，不知送来做甚？"随手将柳树扔在岸边。酒馆老板见了，惊讶得合不拢嘴。

酒足饭饱后，四人相互道别，小猿、月夜踏上往江户的路途。村云向樊哙道："兄弟分我黄金千两，实在受之有愧。不如你再拿五百两去吧。"樊哙摆手拒绝道："俺云游四方，带那么多黄金实是累赘。日后饥时便去抢，无钱使时便去盗，岂不更加方便？"村云见如此说，也不再让。二人各自收拾好黄金，藏进包裹里，向津轻出发。

行出一段路，渐渐地红日西沉，已是黄昏，却不见有地方可供投宿。举目四望，唯有前方山丘上，建着一间破旧的小寺院，二人快步上前，敲门借宿。一个瘦弱的少年僧人开门问明来意，回道："请二位施主见谅，敝寺已留宿了一位客人，再无食物可供充饥。前方二十町远，有个大驿站，二位可在那儿歇宿。"樊哙道："食物无所谓，只求今晚能在寺中住宿，免得天黑迷了路。望能成全。"说着推开僧人，硬闯入寺内。正好有一小厮也从寺外回来，将肩上的米袋一放，道："米买来啦。"樊哙、村云大喜，道："既然有米，咱们愿以高价购买。"说着取出一枚金币。僧人忙道："不可。米是先前投宿的客人买的，出高价也不能卖。二位还是去驿站买吧。"手指小厮道："他就是那位客人的侍从。"樊哙与村云不好再说，自去房中歇息。

"咳咳咳……"一阵咳嗽声从屏风后传来。樊哙拉开屏风一看，屋后还住着一位五十多岁的武士。武士笑道："两位朋友，可否赏脸过来一叙？今晚咱们好好聊聊。那僧人是我外甥，一向身体羸弱，买米煮饭等杂事都由我那侍从操办。二位若不嫌弃，可与在下共食，就不必另行买米了。"樊哙、村云腹中正饥，闻言甚喜，一面点烟喝水，一面与武士闲聊起来。

武士上下打量着樊哙、村云，说道："这位大师身形高大、目光炯炯有神，一望可知武勇过人；而这位兄台相貌也是不凡，不知做何营生，额头上竟有两块刀疤？看二位装扮，不像是在外奔波的商贾，却肯为一点米，而出一枚金币的高价。嘿嘿，二位若非行侠仗义的豪杰，便是剪径抢劫的盗匪。我说得对不对？"村云哈哈大笑，道："既已识破，不怕说与你知。我等正是强盗，昨晚干了一票大买卖，得了不少黄金，就在这包裹里。如今正想着如何花销掉，免得带在身上累赘。"武士道："方才观你二人形貌，我便略有觉察了。尔等视人命如草芥，肆行杀戮、劫掠财货，干尽坏事。如此残暴凶狠，若是生逢乱世，倒可趁时而起、呼啸山林，凭借勇力争夺天下。"樊哙道："吾等虽寄身草莽，却也知惜身保命。所谓千金易得，一命难求。阁下若有益寿延年之法，望能赐教一二。”武士仰天大笑，挖苦道：“尔等只知自家性命重要，是否想过被尔等伤害之人的性命？遭劫掠者对盗匪无不切齿痛恨，官府为缉拿尔等，更是不遗余力。血债累累者，安敢奢求百年之寿？为盗者若不早日回头，归为良民，大多难逃罪责，壮年横死。尔等以为自己能逃过大限么？你二人虽不失为乱世英雄，然方今天下承平，法度森严，终有一天会将尔等捕获正法。老朽绝非妄言，劝二位还是即刻放下屠刀，立地成佛吧！”

樊哙听完武士的长篇大论，不由得心头怒起，不服道：“俺力大无穷，迄今未逢敌手。多少官府差役都不是俺对手。只要力气在，不愁逃不脱追捕。”村云也嘲笑道：“看你活了一把年纪，就该好好地拜佛诵经，求个善终。这座庙既是你外甥住持，你也能沾些‘一人得道，九族升天’的光，还是莫理闲事，老老实实等着去极乐世界为妙。”

武士道：“吾虽年过半百，终归是个武士。一生竭力忠君，为主分忧。浮云生死，长寿短命俱是天意。倒是尔等为了苟延残喘，每日里狼奔豕突，有何乐可言？”

樊哙道：“多说无益。且看你一片忠心，如何为主分忧？”迎面一拳，向武士击去。谁知还未打到，武士身形一闪，已将樊哙掀翻在地。樊哙爬起身，道：“好家伙。再吃俺一脚。”一记飞踢。孰料又被武士打横里拽住，重重一摔，摔得皮开肉绽，跌倒在地，爬不起来。

村云大怒，挥舞锡杖照武士面门打去。武士一伸手，拿住村云右手，冷笑道：“你额头上的刀疤竟有两块，可见平日学艺不精，是个专门挨打的无用之辈。你且用力，瞧瞧能否挣脱？嘿嘿，官府中像我这样武艺高强的，所在多有。捕拿尔等盗匪易如反掌。”手上加力，将村云一把掀翻。村云右手脱臼，剧痛难当，也无力还击了。

樊哙躺在地上，呻吟道：“老家伙，你把俺弄骨折了么？怎么这么痛啊！”他虽怒气冲天，却无力再战，只能干吼连连。武士笑道：“晚饭已熟，请二位起身吃饭。”拉起樊哙，扶他在饭桌旁坐好。村云嘀咕道：“我手臂脱臼，没法拿饭碗。”武士回身拽起他的胳膊，一拉一揉，村云只觉猛地一痛，胳膊已被接了回去。

小厮和住持各盛一碗米饭，放到樊哙、村云面前，讥道：“就当此刻是在坐牢，吃吧。”樊哙、村云怒火难消，越想越觉得窝囊，气鼓鼓地吃不下饭。

当晚就寝，一夜无话。次日起身，武士拿来两块药膏，道：“贴到受伤处，疗效甚好。”樊哙、村云依言贴了，道了声谢，气也消了。

武士吃完早饭，打算出门一趟。动身前，他对樊哙、村云道：“尔等莫欺那住持面黄肌瘦，好像有病在身似的。其实他也是武士后裔，身怀绝艺而不显露。尔等养好伤，给住持赔个不是，尽快离开这座小庙吧！”那住持出屋为武士送行，道：“他二人已是笼中之鸟，折腾不起来了。贫僧虽病弱，但他二人若有风吹草动，定然叫他们再伤筋动骨一次。您就放心吧！”樊哙、村云听了，仔细打量那住持，见他英气迫人，举手投足间，果然殊非凡人。

到得晌午时分，住持端来两碗稀粥，二人取出一枚金币，递给住持，道：“权当昨晚的宿钱与饭钱。”住持摇头道：“此乃不义之财，贫僧绝不收纳。”言罢望也不望金币一眼，自去灶上加柴烧水。樊哙、村云瞧着他不屑一顾的神情，心中惭愧，草草收拾了一下，随即不辞而别。

路途中，村云道：“自离船登岸迄今，我一直心神不宁，所以打算回家乡信浓调养调养。因往年曾在江户做过相扑手，恐怕被人认出，风险不小。咱们就在这儿分手吧！”樊哙与他相处日久，颇有几分不舍，心中怅然若失，道：“俺孤身去奥羽，也没甚意思，干脆去江户游玩吧。反正小猿、月夜已先去那儿了。”两人约好再聚的日子，各奔前程。

樊哙到达江户，并不去那熙熙攘攘的繁华处，而是专拣清幽僻静处赏玩。一日小雨淅沥，樊哙兴之所至，来到浅草寺游览。孰料即便是风雨天，寺内仍然香客众多，比肩继踵。樊哙戴着斗笠，遮住面孔，在一家小酒馆里喝了几杯，进了神鸣门①。

神鸣门里闹哄哄的，一群人围拢在一起喊道：“抓盗贼啊！”樊哙暗叫不妙，心道：难不成是小猿、月夜被困住了？挤入人丛一看，果然是他们。只见他们满手是血，各持大刀，相互殴斗。五六名武士围在旁边，身上都受了伤。还有一大帮城中的商贾民众，舞棍挥棒，前来协助抓贼。

樊哙心下大奇，心想：他们俩怎么自相残杀起来了？决定先替他们解了围再说。遂推开众人，佯装不认识二人，高声问道：“发生啥事啦？”有人回道：“那两人是盗贼，喝得醉醺醺的，竟胆大包天，去偷武士们的荷包，结果被发现了，大家要捉他二人去官府问罪。押解到半路时，两人打算逃跑，结果没跑成，不知为什么又互相拿刀厮杀起来。”

樊哙听毕，踏前一步，道：“争来吵去，何时了结？让俺来调解吧！”小猿、月夜见大哥到了，心中有底，罢手停斗，站到树下

---

① 神鸣门，又称雷门，正式名称为“风雷神门”，是东京浅草观音寺的入口之门。

看樊哙如何解围。那几个武士却不肯听樊哙的，齐声嚷道：“这两个贼人砍伤了我等，岂能就此饶过他们？定要斩下他们的头颅，提去见主人，方才罢休。你这秃驴，难道是嫌命长，敢来多管闲事？”樊哙道：“他们的脑袋本不关俺事，但他们欠了俺钱未还，若没了脑袋，俺找谁讨钱去？各位被盗贼砍伤，已是不幸。若再不听我劝，恐怕更要……”那些武士怒道：“更要怎样？”樊哙道：“更要倒大霉！”话音刚落，立时挥起锡杖，顷刻间打翻两三个武士。

围观的人群“哄”一声炸了窝，有人喊道：“不得了，强盗头子来啦！”又有人喊道：“大伙一起上，打死他！”众人挥舞棍棒，要一拥而上。樊哙大声道：“诸位请看清楚，俺不是什么强盗头子，俺是个修行的出家人。出家人慈悲为怀，绝不胡乱杀生。只不过对那些乱嚼舌头根的人，就不客气了。”说着抡起锡杖东挑西打，将喊得最厉害的七八个人打得哭爹喊娘。武士们见不是对手，纷纷逃去。樊哙也不追赶，将小猿、月夜分夹两胁，如箭般急急逃离。围观众人在后边虚张声势，却没一个敢当真追上去。

樊哙夹着二人，奔到一处空旷所在，放下他们，让他们把身上收拾干净，洗掉血渍，又拽着他们继续一路狂奔，直到逃出江户城，才停下来。樊哙突然一拍脑袋，道：“坏了，把装黄金的包裹忘在城里了。如今风声紧，看来别指望能取回来了。都是你们这两个家伙害的，说，为什么自相残杀？”小猿、月夜道：“我们那是假打，为了拖延时间，想办法不被那些武士捉回去。”樊哙道：“前些日子分给你们的黄金，还有剩下么？”二人答道：“我们在酒馆、妓院里吃喝嫖赌，早把那些金子花了个精光。不过手头还有刚才偷来的那些武士的荷包，估计着付酒钱足够了。”打开荷包一看，寒碜，仅有区区金一分。三人相视而笑，买来酒饭河鲜，吃了个饱。然后琢磨着江户是肯定不能回了，索性一路向东而去。

黄昏时，来到那须野，小猿、月夜道："此地道路分岔，夜间行走极易迷失方向。大哥且在此稍作休息，待我等去探探路。"樊哙允了，见前方用来阻挡杀生石①毒液的石垣已然倾颓，便挑了一块大石头坐下，生起篝火等待二人归来。

过了片刻，一僧人阔步走来，行经樊哙面前时，正眼也不望他一眼，径直行过。樊哙大怒，喝道："慢着！身上可有金银、干粮？统统留下。不然不准过。"僧人停步道："贫僧仅有金一分，干粮半点也无。"说着摸出金一分，递给樊哙。樊哙道："你倒挺识相。前面还有两个年轻的强盗，你跟他们说，已把金子给了樊哙，他们自然放你通行。"僧人点点头，步履轻快，继续前行。

谁知半个时辰后，那僧人又掉头返回，对樊哙道："出家人不打诳语。贫僧自皈依我佛以来，从未说过假话。适才一念之差，撒了个谎，私藏下金一分。思来想去，心下难安。故而特地折返，将这金一分交与你。"从怀中掏出金一分，放到樊哙手上。樊哙拿着金子，内心大受震动。心想这才是真出家、真拜佛，自己不过是假披着僧袍，自欺欺人罢了。又回想起前尘往事：滥赌欠债、弑父杀兄、拦路剪径、盗窃分金，件件俱是败德害理的恶行，竟还有脸苟活于世，真是恬不知耻。言念及此，樊哙羞愧万般，恭

① 杀生石：相传鸟羽天皇时，九尾妖狐幻化为绝色美女玉藻前，魅惑天皇，致使天皇染上怪病，卧床不起。阴阳师安倍晴明施法，将玉藻前的妖狐真面目曝光。康复的天皇发出追杀令，最后九尾妖狐被晴明擒杀，但其野心和执念仍以"杀生石"（会喷出毒液攻击鸟类及昆虫，令动物无法近身的石头）的形态保留在那须野，时刻等待着报复时机的到来。

恭敬敬地向僧人施了一礼，道："高僧大德，令俺无地自容。从今往后，愿改邪归正，跟随大师虔心礼佛，化解罪孽。"僧人亦体会到樊哙的赤忱之心，双掌合十道："既受感化，即是有缘，你随我来吧！"遂带着樊哙一道上路。

半路上遇到小猿、月夜，樊哙道："你二人要去何方，只管自去。俺今后跟随这位大师，长伴青灯古佛，再不理红尘俗事。你们别再像衣服上的虱子般，缠着我不放了。咱们缘尽于此！"小猿、月夜见其决绝，也不多言，作别而去。樊哙目送二人身影远去，僧人道："凡尘缘已尽，何须多流连。此身向佛祖，忏罪苦修行。走吧！"

以上关于樊哙的故事，是陆奥古寺一位老法师在八十岁高龄时讲述的。那一日，他知自己大限将至，对小沙弥说道："今当远行矣。"遂沐浴更衣，闭目静坐，口中亦不诵佛号。小沙弥与客僧等，拜求道："望圣僧遗偈一章，以启我等。"老法师道："遗偈云云，不过诓人自欺之说。现将俺一生故事，都说与你等知晓，则无憾也。俺本是伯耆国恶徒，坏事做尽做绝，后受恩师感化，参佛修行，至今不辍。释迦、达摩之道已悟，红尘孽欲之心不生！阿弥陀佛！"接着便将上述故事娓娓道来，说完之后，便圆寂了。

欲念收敛，则证悟佛果；心思放纵，则堕落成魔。樊哙的故事，正印证了这一至理。